华东师大『丽娃档案』丛书
编委会主任 童世骏 陈群

华东师大档案馆藏名人手札

汤涛 朱小怡 主编

华东师范大学出版社

图书在版编目（CIP）数据

华东师大档案馆藏名人手札/汤涛，朱小怡主编.
—上海：华东师范大学出版社，2016
（丽娃档案）
ISBN 978-7-5675-5668-3

Ⅰ.①华… Ⅱ.①汤… ②朱… Ⅲ.①书信集－中国－现代 Ⅳ.①I266.5

中国版本图书馆CIP数据核字（2016）第238127号

华东师大档案馆藏名人手札

主　　编　汤　涛　朱小怡
项目编辑　陈庆生
文字编辑　吴飞燕　李玮慧
责任校对　王丽平
装帧设计　崔　楚

出版发行　华东师范大学出版社
社　　址　上海市中山北路3663号　邮编 200062
网　　址　www.ecnupress.com.cn
电　　话　021－60821666　行政传真　021－62572105
客服电话　021－62865537　门市（邮购）电话　021－62869887
地　　址　上海市中山北路3663号华东师范大学校内先锋路口
网　　店　http://hdsdcbs.tmall.com

印 刷 者　上海中华商务联合印刷有限公司
开　　本　890×1240　16开
印　　张　23
字　　数　240千字
版　　次　2017年4月第一版
印　　次　2017年9月第二次
书　　号　ISBN 978-7-5675-5668-3/J・286
定　　价　108.00元

出 版 人　王　焰

华东师大『丽娃档案』丛书编委会

《华东师大档案馆藏名人手札》编委会

主　编：汤　涛　朱小怡

副主编：林雨平

编　委：

魏明扬　翟素娣　吴李国　吴　雯

徐晓楚　俞玮琦　丁小明（释文审读）

丛书总序

很少有一条小河那么有名，很少有一条名河那么小巧。华东师范大学的这条校河，虽然在上海市中心中山北路校区的地图以外难见踪影，却在遍布全球的师大校友的心里时时激起浪花。

站在丽虹桥上望着丽娃河那绿树鲜花簇拥着的、蓝天白云倒映着的清澈水面，也许有人会认为她过于清纯精致不够豪放，而与师大结缘于郊外新校区的老师和同学们，会觉得她与闵行新校区的樱桃河其实各有千秋。但是，一年又一年，一代又一代，有多少人，一提起她的名字，就感觉有说不完的话，却又常常不知从何说起……

华东师范大学成立于一九五一年十月十六日，成立大会的地点就在离丽娃河不远的思群堂。华东师大的基础是成立于一九二四年的大夏大学和成立于一九二五年的光华大学，以及其他一些高校的部分系科，其中包括成立于一八七九年的上海圣约翰大学分解以后的理学院（数学系、物理系、化学系、生物系）和教育系，以及圣约翰的十一万余册藏书。尽管按惯例我们可以把建校日确定在二十世纪二十年代，甚至还可以追溯到中国土地上第一所现代大学诞生的一百三十多年前，但我们更珍惜『新中国第一所师范大学』的荣誉，更珍惜曾经是中共中央指定的全国十六所重点高校之一的责任，也因此而更珍惜与这种荣誉和责任有独特缘分的那个校园，那条小河。

因此，『丽娃』是一种象征，象征着华东师大的荣誉，象征着华东师大的责任。编撰以『丽娃』命名的这套丛书，是为了表达我们对学校的荣誉和责任的珍惜，表达我们对获得这种荣誉和履行这种责任的前辈和学长们的怀念和景仰，也表达我们对不同时期支持学校战胜挑战、追求卓越的历届校友和各界人士的由衷感激。

这套丛书，应该忠实记载华东师大百余年的文脉传承和一甲子的办学历程，全面解读『平常时节自信而低调、进取而从容，关键时刻却挺身而出，义无反顾』的师大人气质，充分展现华东师大精神传统的各个侧面和形成过程。

这套丛书，应该生动讲述历代校友的精彩故事和不同时期的奋斗历程，让我们和我们的后代们知道，华东师大的前辈们是怎样用文化的传承来抵抗野蛮和苦难的，是怎样用知识的创造来追求光明和尊严的，又是怎样努力用卓越的学术追求与和谐的团体生活，来培养德智体美全面发展的社会主义建设者和接班人的。

这套丛书，更应该激励我们和我们的后代，永远继承『自强不息』、『格致诚正』的精神，发扬学思结合、中外汇通的传统，不断追求『智慧的创获，品性的陶熔，民族和社会的发展』的大学理想，忠实履行『求实创造，为人师表』的师生准则。

这样一套丛书，将不仅成为华东师大这个特定学术共同体的自我认识和集体记忆，而且也将成为人们了解现代中国高等教育曲折发展脉络、研究中华民族科教兴国艰苦历程的资料来源和研究参考。

从这个角度来看，编撰出版这样一套丛书，是以一种特殊方式续写着华东师大的历史，更新着华东师大的传统，丰富着华东师大的精神。

因此，我们有多种理由对丛书的诞生和成长充满期待，祝愿『丽娃档案』丛书编辑工作取得圆满成功。

华东师范大学党委书记

序

二〇一六年是华东师范大学建校六十五周年，也是其前身大夏大学创校九十二周年，光华大学创校九十一周年。学校档案馆从馆藏大夏大学、光华大学原始档案中精选九十一通名人手札，编辑出版，以此方式缅怀前辈先贤，赓续大学文脉，传播大学精神。

本书所选人物手札，主要分三部分：一是民国时期各界有影响的人物手迹，如政界的蒋经国、孙科、张学良、何应钦、潘公展，外交界的胡惟德、张歆海，文化界的胡适，工商界的钱永铭，教育界的蔡元培、朱家骅、杭立武、王伯群、欧元怀、张寿镛、朱经农、廖世承；二是各领域先驱人物或各学科专家学者，如中国近代科学奠基人任鸿隽，中国现代心理学奠基人张耀翔，中国文化学奠基人柳诒徵，中国近代会计界先驱谢霖，近现代中国四大史学家之一吕思勉，民国四大经济学家之一刘大钧，数学家朱公谨，地理学家翁文灏，化学家陈裕光，物理学家周昌寿，儿童教育家陈鹤琴，哲学家蒋维乔，法学家苏希洵，出版家赵家璧；三是当时的社会闻人，如杜月笙等。

书中收选手札时间跨度为二十四年（一九二六—一九五〇），具象呈现了大夏大学和光华大学从创校初期『租房办学』，到历经战乱，辗转迁徙，坚持办学，再到被世人誉为『东方哥伦比亚大学』、『民族脊梁型爱国学府』，艰难困苦，玉汝于成，是大夏、光华历史的重要见证。

细读手札，我们可以倾听到当年大夏、光华众筹办学经费之不易，战乱中开办黔、蓉、港分校之繁艰。为办好大夏、光华，前辈先贤殚精竭虑、呕心沥血，焚膏继晷、夙兴夜寐。从贫寒学生学费豁免，教员聘任薪俸增加，暑期学校师资安排，到决定内迁开办分校，创设附中支持基础教育，邀请明星主持校庆筹募基金，动员校友认捐复校基金，抵押土地证购买仪器设备……事无巨细，均一一躬身细察。

细读手札，我们可以倾听到，为了办学、办好学，大夏、光华最广泛地整合社会各方资源，聘请了一批海内耆宿和上海闻人担任校董，如孙科、何应钦、钱永铭、杜月笙、张歆海、朱家骅等。为了办好学，大夏、光华诚邀善管理懂经营者出任学校管理者，广延各学科名师担任教授。他们大多有海外教育背景，如王伯群（日本中央大学）、欧元怀（美国哥伦比亚大学）、张耀翔（美国哥伦比亚大学）、鲁继曾（美国哥伦比亚大学）、王成组（美国哈佛大学）、唐庆增（美国哈佛大学）、吴浩然（美国麻省理工大学）、孙亢曾（英国利兹大学）。有了这样一支精英荟萃、群贤毕至的师资队伍，培养出一批学贯中西、博古通今的中流砥柱才成为可能。

本书收选的手札兼具文献史料和书法艺术双重价值。近代以来，西学东渐，中学西学激烈碰撞。晚清至民国至一九四九年前后这一时期，书法艺术也进入了一个特殊阶段。这一阶段的书法艺术，既自然延续了中国传统书法的精髓，又独具开创性，形成了自身特点。本书收选了众多近现代名人墨迹，集中展示了这一阶段的书法艺术特征。细赏书中收选的每一件手函，或汪洋闳肆，或简远平和，或圆转流畅，或率真朴拙，钩沉出那个时代人物的风骨和气质，是时代变迁的重要见证，也是极为珍贵的历史文物。在今天人们越来越依赖键盘打字、触摸屏写字的时代，名人手函墨迹更显珍罕。

作为华东师大『丽娃档案』丛书之一，本书所选九十一通名人手札均为首次向社会披露和公开，是馆藏校史档案中的精华。对于研究历史人物、探究历史真相，具有重要的参考价值。手札不仅呈现了大夏、光华的办学理念与教育思想，校务治理与师生管理，也呈现了大夏、光华办学中遇到的具体问题及解决问题的办法。无论是前人成功的经验，还是失败的教训，都是我们今后办学智慧的来源，对于学校未来的发展建设具有重要的借鉴意义。这也是出版本书的主要意义之所在。

是为序。

华东师范大学校长

陈群

编者说明

一、本书所收录的为华东师范大学前身大夏大学、光华大学办学期间的部分名人手札。学校重要前身之一的圣约翰大学档案不在学校档案馆内，故不选录。

二、每封手札按照作者（发函者）作函时间先后顺序编排。每封手札拟写一个标题，注明发函者作函日期。个别手札的作函日期无法确定，以符号×标明。

三、每封手札除以图片形式展示外，并附有作者小传、释文。

四、每封手札的作者，因其主要活动经历多与华东师大前身学校有关联，且在民国时期，故每篇作者生平介绍侧重于在校经历，同时一般至中华人民共和国成立时为止。

五、每篇释文，为保持文字原貌，除繁简转换外，一般原文照录，保留原字形。原文无标点、不分段，编者均加标点并分段。

六、每篇释文，凡需更正原文中的显著错字、别字、衍字，以符号〔 〕标明；增补显著漏字，以符号【 】标明；字迹模糊难以辨认者，以符号□标明。

目录

大夏大学

光华大学

大夏大學

〇〇一 刘大钧致欧元怀（一九三〇年三月八日）

刘大钧（一八九一—一九六二），字季陶，号君谟。江苏丹徒人，生于江苏淮安。经济学家。一九一五年获美国密歇根大学学士学位，一九一六年任北京清华学校经济学教授，一九一九年任北洋政府经济讨论处调查主任。历任国民政府立法院统计局局长，《经济统计月志》、《国民经济月刊》、《经济动员半月刊》主编。先后发起成立中国经济学社和中国统计学社，任社长。两社联合组织中国经济统计调查所，任所长。抗战结束后任联合国统计委员会中国代表，驻美大使馆经济参事等。后移居美国。

立法院統計處用箋

第　頁

元懷先生台鑒久違
雅教時切馳思辰維
教祺延吉履祉迎祥為無量頌啓者舍姪厚載
僑居北方多年曾從名師學習國術並就所得
著有潭腿一書去歲在滬任中法工專國術教員及
私家体育教授成績幸尚不惡素悉
貴校注重体育對於國術提倡尤力本學期如需
要此項教員可否推愛令舍姪担任不勝感禱又滬

中華民國　年　月　日

立法院統計處用箋

第　頁

大華醫院〻長舍親金君燮章對於內科及外科
小手術皆遊及有餘月前國際聯盟衛生部〻長
拉西門君參觀該院推為上海私立醫院第一如
貴校須聘請校醫或需特約醫院弟敢為舍親説
項
貴校對於二者如有定章並請示知其他詳細
辦法則可囑本人趨前接洽也專懇順頌
道綏

弟劉大鈞鞠　三、六

如蒙賜覆請寄上海蔡爾鳴路安吉里一四一號弟寓為荷或南京立法院統計處
皆可

元怀先生台鉴：

久违雅教，时切驰思，辰维教祺迪吉，履祉迎祥为无量颂。启者，舍侄厚载侨居北方多年，曾从名师学习国术，并就所得著有《潭腿》一书。去岁在沪任中法工专国术教员及私家体育教授，成绩幸尚不恶。素悉贵校注重体育，对于国术提倡尤力。本学期如需要此项教员，可否推爱令舍侄担任？不胜感祷。

又沪大华医院院长舍亲金君夔章，对于内科及外科小手术皆游刃有馀。月前国际联盟卫生部部长拉西门君参观该院，推为上海私立医院第一。如贵校须聘请校医或需特约医院，弟敢为舍亲说项。

贵校对于二者如有定章，并请示知。其他详细办法，则可嘱本人趋前接洽也。专恳，

顺颂

道绥

弟　刘大钧　鞠

三，八

（如蒙赐覆，请寄上海慕尔鸣路安吉里一四一号敝寓为荷，或南京立法院统计处皆可。）

○○二 陈裕光致王伯群（一九三一年十月二十九日）

陈裕光（一八九三—一九八九），字景唐。浙江宁波人。化学家、教育家。一九一五年毕业于金陵大学化学系，一九二二年获美国哥伦比亚大学博士学位，先后任教于北京师范大学、东南大学和金陵大学等校。一九二七年至一九五一年任金陵大学校长，为第一位被国民政府承认的中国教会大学华人校长。连续当选中国化学会第一届至第四届理事会会长。

伯群校長先生大鑒緬企

麈儀時增嚮往邇維

道履冲龢為頌无量敬啟者此次水災遍及全國　教

育部曾有令行各私立學校酌免災區學生本年學雜

費之舉　敝校近亦奉有此項訓令究應如何酌減刻

正在籌劃中比稔

貴校亦接有同樣明令不知已否釐定辦法及受災同

學共計若干尚布

私立金陵大學用牋

惠示周詳俾資借鑑不勝感盼專此奉懇順頌

著祺

陳裕光謹啟

十月二十九日

私立金陵大學用箋

伯群校长先生大鉴：

缅企尘仪，时增向往，迩维道履冲龢为颂无量。敬启者，此次水灾遍及全国，教育部曾有令行各私立学校酌免灾区学生本年学杂费之举。敝校近亦奉有此项训令，究应如何酌减，刻正在筹划中。比稔贵校亦接有同样明令，不知已否厘定办法及受灾同学共计若干？尚希惠示周详，俾资借鉴，不胜感盼。专此奉恳，顺颂

著祺

陈裕光　谨启

十月二十九日

〇〇三　田颂尧致王伯群（一九三二年十二月八日）

田颂尧（一八八八—一九七五），又名光祥。四川简阳人。四川军阀。一九一〇年加入同盟会，一九一一年参加武昌起义。后在川军任职，占据川西三台等地。一九二六年接受蒋介石收编，任国民革命军第二十九军军长。抗战期间任军事参议院上将参议。一九四九年十二月，随刘文辉、邓锡侯起义。

伯羣同志偉鑒企

風華適奉

賜翰快幸何似

台端從事教育此後棫樸菁莪為國家

建立樹人之大計

欽忱宏識以佩尤深

貴校圖書館鳩工建築應將前此認捐

之款早為滙寄惟因川戰猝起以致軍

書旁午極形忙冗比幸軍事於旋期內

國民革命軍第二十九軍軍司令部用箋

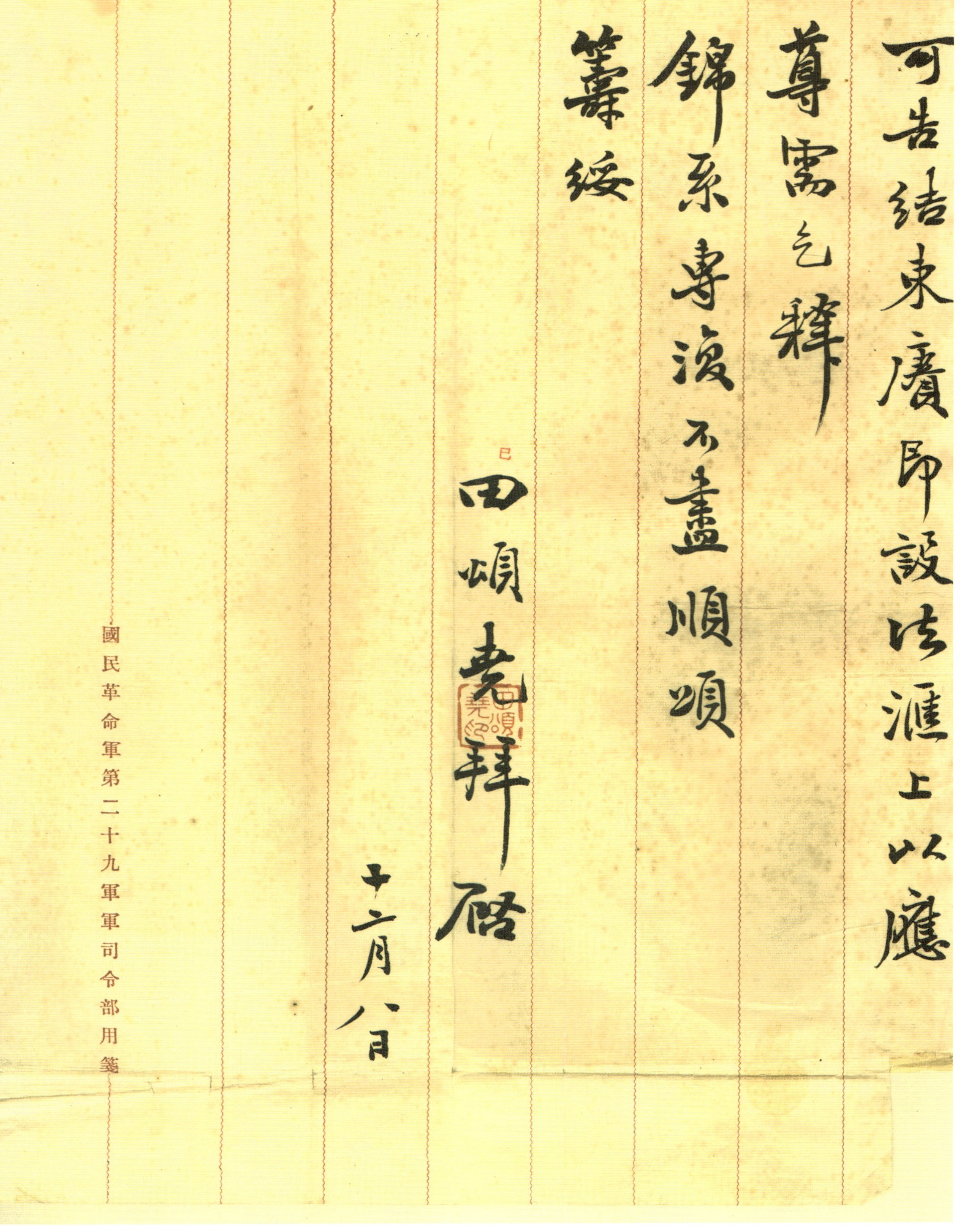
可告結束，廣即設法滙上以應
尊需也。耑肆
鑄系，專復，不盡順頌
籌綏

田頌堯拜啟
十二月八日

國民革命軍第二十九軍軍司令部用箋

伯群同志伟鉴：

正企风华，适奉赐翰，快幸何似。台端从事教育，此后棫朴菁莪，为国家建立树人之大计，热忱宏识，心佩尤深。贵校图书馆鸿工建筑，应将前此认捐之款早为汇寄。惟因川战猝起，以致军书旁午，极形忙冗，比幸军事于短期内可告结束，赓即设法汇上，以应尊需。乞释锦系，专复不尽，顺颂

筹绥

田颂尧　拜启

十二月八日

〇〇四 欧元怀致史量才、黄炎培（一九三二年十二月十七日）

欧元怀（一八九三—一九七八），名元怀，字愧安。福建莆田人。教育家、教育学家。一九一九年获美国哥伦比亚大学硕士学位。曾任厦门大学教育科主任。大夏大学主要创办人之一。一九二八年至一九四四年任大夏大学副校长，一九四四年至一九五一年任大夏大学校长。抗战期间曾兼任贵州省教育厅厅长。一九五一年后任华东师范大学副总务长。

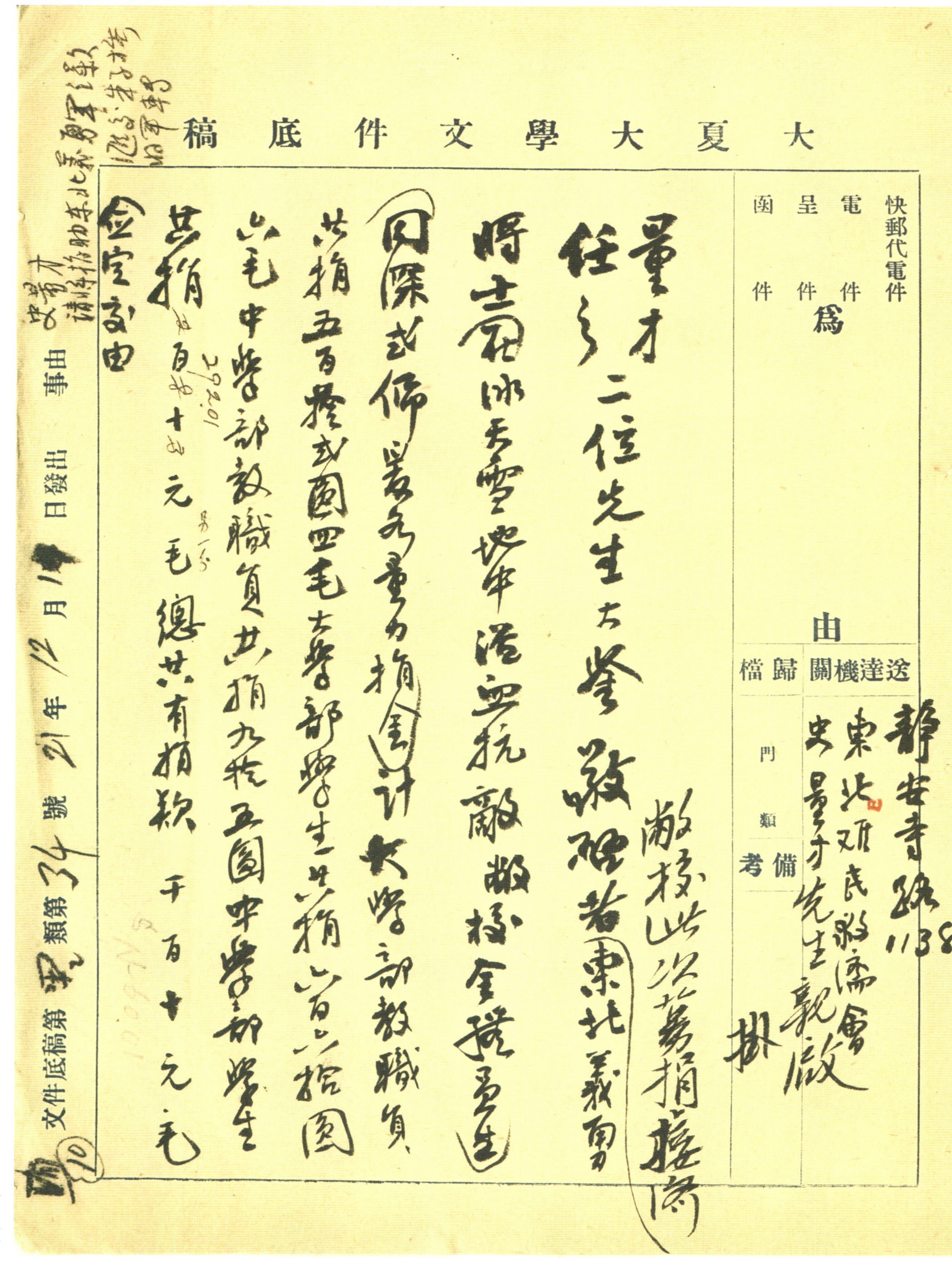

大夏大學文件底稿

快郵代電件　電　呈　函　件　件　件　爲

由

送達機關：靜安寺路1138　東北難民救濟會　史量才先生親啟　掛

歸檔　門類　備考

量才
任之 二位先生大鑒：敬啓者：東北義勇[敝校此次募捐撥濟]
將士冰天雪地中浴血抗敵，敝校全體師生
同深感佩，曾先量力捐(金)計大學部教職員
共捐五百叁拾式圓四毛，大學部學生共捐[illegible]百六拾圓
六毛，中學部教職員共捐九拾五圓，中學部學生
共捐　百　十　元　毛，總共有捐款　千　百　十　元　毛
全宜交由

文件底稿第　類第34號　21年12月1日發出　事由：史量才 請將捐助東北義勇軍之款……

貴會收轉并分捐給軍收匯助東北義
勇藉表敵愾同仇之意耳希
登收分別給付收據以便向捐款人報告
日後倘在報端發表時請分別刊登望以為荷
此頌請
台祺

殷 十二、十七

捌

量才、任之二位先生大鉴：

敬启者，敝校此次募捐，接济东北义勇将士，在冰天雪地中浴血抗敌。敝校全体员生同深感佩。爰各量力捐金，计大学部教职员共捐五百十二元四毛，大学部学生共捐六百六十元六毛，中学部教职员共捐九十五元，中学部学生共捐□百□十□元□毛（292.01）。总共有捐款□千□百□十□元□毛。佥定交由贵会收，转交朱子桥将军收，汇助东北义勇军，藉表敌忾同仇之意。即希察收，分别给付收据，以便向捐款人报告。日后倘在报端发表，亦请分别刊登，至以为荷。专此，敬请

台祺

欧

十二，十七日

〇〇五　蔡元培致王伯群（一九三三年一月二十日）

蔡元培（一八六八—一九四〇），字鹤卿，号孑民。浙江绍兴人。革命家、教育家、政治家。曾任南京临时政府首任教育总长、南京国民政府大学院院长、中央研究院院长、北京大学校长、中法大学校长等职。曾制定中国近代高等教育的第一个法令《大学令》。一九一六年至一九二七年任北京大学校长期间，实行思想自由、兼容并包的方针，革新学校体制，使北大成为现代意义的高等学府和新文化运动的策源地。

國立中央研究院用牋

伯羣先生校長大鑒逕啓者黃岡熊十力先生精研宋明理學對於道德政治甚多卓見又由是而研究印度哲學進支那內學院治惟識論數年不滿於舊說著新惟識論現已付印（中華書局）其他言論畧見於其門弟子所輯之尊聞錄中良為好學深思之士曾屢在北京大學講印度哲學每星期兩點鐘酬報百元因北平嚴寒於熊先生甚不相宜欲改就上海講學如

貴校能按照北大條件請熊先生為講師於學生之思

國立中央研究院用箋

想及行為上必有好影響專此介紹並祝

教祺敬候

示復

蔡元培敬啟

一月二十日

伯群先生校长大鉴：

迳启者，黄冈熊十力先生精研宋明理学，对于道德政治甚多卓见。又由是而研究印度哲学，进支那内学院治《惟识论》数年，不满于旧说，著《新惟识论》，现已付印（中华书局），其他言论略见于其门弟子所辑之《尊闻录》中。良为好学深思之士，曾屡在北京大学讲印度哲学，每星期两点钟，酬报百元。因北平严寒，于熊先生甚不相宜，欲改就上海讲学。如贵校能按照北大条件请熊先生为讲师，于学生之思想及行为上必有好影响。专此介绍，并祝

教祺

敬候示复。

蔡元培　敬启

一月二十日

〇〇六　刘湛恩致欧元怀（一九三四年五月三十一日）

刘湛恩（一八九五—一九三八），湖北阳新人。教育家。一九二二年获美国哥伦比亚大学博士学位。曾在东南大学、大夏大学、光华大学等校任教，兼任中华基督教青年会教育总干事、上海职业指导所所长等职。一九二八年起任沪江大学校长，为该校首任华人校长。一九三六年与马相伯、沈钧儒等联合发表《上海文化界救国运动宣言》。抗战爆发后，任上海教育界救亡协会主席、上海各大学抗日联合会负责人、中国基督教难民救济委员会主席等职。因坚拒日伪拉拢，遭到特务暗杀，是抗战初期最先遭到日伪暗杀的文化界著名人士，也是抗战中唯一被日伪杀害的大学校长。

私立滬江大學校長室用箋

元懷吾兄偉鑒：違
教以來，時為向往。依維
道祺嘉綏，頌如所慰。茲有懇者：敝校本學年畢
業試驗定于六月十三日始舉行，遵照教育部規定
組織畢業試驗委員會，敬請
閣下慨任敝校畢業試驗委員會校外委員，剴切指導，
匡其不逮，毋任感幸。專此奉達，尚希　惠諾，曷勝翹企。
順頌　鐸安

弟劉湛恩謹啟　五月三十一日

校址上海楊樹浦軍工路

元怀吾兄伟鉴：

违教以来，时为向往。辰维道祺嘉绥，颂如所慰。兹有恳者，敝校本学年毕业试验定于六月十三日始举行，遵照教育部规定，组织毕业试验委员会。敬请阁下慨任敝校毕业试验委员会校外委员，剀切指导，匡其不逮，毋任感幸。专此奉达，尚希惠诺，曷胜翘企，顺颂

铎安

弟　刘湛恩　谨启

五月三十一日

〇〇七　胡适、程治平致鲁继曾（一九三五年九月二十四日）

胡适（一八九一—一九六二），原名胡洪骍，字适之。安徽绩溪人。学者、诗人，二十世纪初新文化运动的主要发起人之一。一九二七年获美国哥伦比亚大学哲学博士学位。曾任北京大学、光华大学、中国公学等校教授，中国驻美大使、中国公学校长、北京大学校长、中央研究院院长等职。一九三五年当选为中央研究院第一届评议员。一九四八年当选为首届中央研究院院士。

魯教務長繼曾先生鈞鑒茲因
貴校學生程法正君於上學期在
貴校大學部文學院、英文系一年級、修
業已足一年、本學期該可升入二年級。
然今暑以來、家中發生不幸、彼之大弟
遭斃、又彼母之痾疾未愈、故須學生
法正在家奉待、以須及家務、恐於最
近期內亦不得有暇、故今特具是書

懇請

教務長能准學生 法正停學本學期，

于明春開學時，當決來校報到銷

假，本學期不能來校受業之苦衷，

實屬不得意耳。尚請

諒詧便妥為此并請

教安

學生保證人 胡適 戊卯

學生家長 程治平 敬上

鲁教务长继曾先生钧鉴：

兹因贵校学生程法正君，于上学期在贵校大学部文学院英文系一年级修业已足一年，本学期该可升入二年级。然今暑以来，家中发生不幸，彼之大弟遭毙，又彼母之疴疾未愈，故须学生法正在家奉侍，以顾及家务，恐于最近期内亦不得有暇。故今特具是书，恳请教务长能准学生法正停学本学期，于明春开学时，当决来校报到销假。本学期不能来校受业之苦衷，实属不得意耳。尚请谅察便妥，耑此，并请

教安

学生保证人 胡 适 代印

学生家长 程治平 敬上

一九三五年九月二十四日

〇〇八 鲁继曾致王伯群、欧元怀（一九三八年九月七日）

鲁继曾（一八九二—一九七七），字省三。四川阆中人。教育心理学家、教育家。一九二一年获美国哥伦比亚大学硕士学位。大夏大学成立后长期在校任教，先后担任预科主任、教务长、教育学院院长等职。抗战期间，主持大夏大学沪校校务，并领导创办大夏大学香港分校。一九五〇年赴香港，在由大夏校友创办的香港光夏书院任教。

伯羣
愧安两校长大鉴　敬复者梗鱼两电敬悉肯
廿旨及本日均有电奉复谅登
记室矣　曾原拟俟头年见有确定表示后即行来镇
销假奈昨日粲隐兄接渠函称本学期中大教职不能
摆脱只得请假一学期故曾实难抽身缘自县假返沪
以来每日必到校襄助傅吴两兄擘划校务力谋整顿
现训事略具头绪教授均已聘定预诉亦已成立新旧学
生来校报到者均颇踊跃秋季学生人数约可超过五

省三用笺

百人為滬校前途發（錢）計為多年同事之私交計均覓不
得不竭盡棉薄共負艱鉅以維護學校之生命自身之
安危報酬之多寡原所不計也默校環境之難 公亦深知
但有 公等主持校務辦部人員既較充實環境又較滬
易基礎自無動搖之虞故 公決定本學期在顧年告假
期間暫不返黔此中苦衷尚祈 鑒原是為至幸附於
滬校進行方針務祈 賜南針 公在滬百忱當秉承
公等為國家作育人材之至意努力進行至於教務進

省三用箋

行擬況候開學後當隨时奉
聞現大同復旦光華等
校均在法租界開學金通尹現在滬主持校務光華自
胡其炳去世後內部又悉裂痕廖茂如在湘中原地（郁路）
創办師承中學以廖歸後能力光華附中將受絕大影
响朱公瑾等亦頗消極大夏在學藝社開學上課似亦
內迁之意暨南亦在法租界開學惟校舍較我校狹小聞何
柏丞已返滬但未露面章渊若已允任我校政治系主任
前自港北返滬濱自九月一號以後物價又漲若干倍米

省三用箋

價稍跌，煤炭來源，再自陸連奎被刺後，公共租界劫案陡增，現五難民收容所中有難民十二三萬，給養頗難為繼，慈善獎券難於推銷，各種新書雜誌均買不到手。我校秋季擬暫借用學藝社全部圖書，因原存滬之圖書及心理儀器等均被封存於蘇大原址，上學期在教學上頗感困難。至於理化儀器，擬暫借用南通學院所有，現正在商議合作辦法。上海各大學除復旦外均有圖書儀器，我校獨覺頗難與之競爭，特此一併奉聞。專此順頌

大安

諸同事均祈代為致意

弟魯繼曾手 九月七日

伯群、愧安两校长大鉴：

敬复者，梗鱼两电敬悉。上月廿六日及本日均有电奉覆，谅登记室矣。曾原拟俟颐年兄有确定表示后，即行来筑销假，奈昨日筑隐兄接渠函，称本学期中大教职不能摆脱，只得请假一学期，故曾实难抽身。

缘自暑假返沪以来，每日曾到校，襄助傅、吴两兄擘划校务，力谋整顿。现诸事略具头绪，教授均已聘定，预算亦已成立。新旧学生来校报到者，均颇踊跃，秋季学生人数约可超过五百人。为沪校前途发展计，为多年同事之私交计，均觉不得不竭尽棉薄，共负艰巨，以维护学校之生命。自身之安危，报酬之多寡，原所不计也。

黔校处境之难曾亦深知，但有公等主持校务，干部人员既较充实，环境又较沪易，基础自无动摇之虞。故曾决定本学期在颐年告假期间，暂不返黔，此中苦衷尚祈鉴原，是为至幸。

关于沪校进行方针，务祈赐南针。曾在沪一日，决当秉承公等为国家作育人材之至意，努力进行。至于教务进行概况，俟开学后当随时奉闻。

现大同、复旦、光华等校均在法租界开学，金通尹现在沪主持校务。光华自胡其炳去世后，内部又呈裂痕，廖茂如在附中原址（成都路）创办师承中学。以廖号召能力，光华附中将受绝大影响，朱公瑾〔谨〕等亦颇消极。交大仍在学艺社开学上课，似无内迁之意。暨南亦在法租界开学，惟校舍较我校狭小。

闻何柏丞已返沪，但未露面。章渊若已允任我校政治系主任，不日自港北返沪滨。自九月一号以后，物价又涨若干，仅米价稍跌，柴炭未涨耳。自陆连奎被刺后，公共租界劫案陡增，现在难民收容所中有难民十二三万，给养颇难为继。慈善奖券难于推销，各种新书杂志均买不到手。我校秋季拟暂借用学艺社全部图书，因原存沪之图书及心理仪器等均被封存于交大原址，上学期在教学上颇感困难。至于理化仪器拟暂借用南通学院所有，现在正商议合作办法。上海各大学除复旦外均有图书仪器，我校独无，颇难与之竞争，特此一并奉闻。专泐，顺颂

大安

诸同事，均祈代为致意。

弟　鲁继曾　顿首

九月七日

〇〇九　孙亢曾致王伯群、欧元怀（一九三八年十月二日）

孙亢曾（一八九八—二〇〇二），字侃争。广东梅县人。教育学家。大夏大学教育科一九二五届毕业生，一九三六年获英国利兹大学教育学硕士学位。作为厦门大学离校学生团总代表之一参与大夏大学创建，长期担任大夏大学教授，并曾任大夏大学附中主任、师范专修科主任、教务长等职。一九四九年赴台湾，后任台湾师范大学校长。

伯群校長賜鑒：日前晉聲

愧安

教言，敬悉籌校增設附中，投考學生達八百有（破向）

來紀錄，前途發展可期，不勝忭躍。日昨裕凱兄

返滬，得聆詩情，並

鈞座領導之風，興夜寐之勞，為大夏樹

百年之基，西南文教之鐸，更覺心為嚮往，

國奮百倍。此間大學部已在靜安寺路戈登路

新址上課二週，註冊學生達五百以上，經過詳

情，諒傅、吳二先生早有函報，茲不再贅。至中

學部本期學生達三百九十九人，分十班上課（計

初中四班，高中六班），教職員合計達四十六人，

詳載《大夏半月刊》第七號。舊同人如何惟忠、商

政、陳錫恩諸兄本期均到校任課，現開學已

迺月觉教学精神及学生纪律均能力追上游差可告慰

屢注惟因房租負担加重（每月租金福煦路部份因增加二间教室闵係達七百四十元又與大学部合賃善鐘路（中学部有寄宿生二十人均男生）寄宿舍约费百元合计每月需八百四十元之谱）故学费收入约三分之一须作房租支出以致教职員薪俸祇能照上期標準支付即高中每星期上课一小时月薪三元五角初中为二元八角教薪概以钟点十个月计算职薪亦照教薪標準七折计作十二个月算而已（詳見預算表）值此非常时期幸同人均能相諒相勉坚苦共持雖物質報酬菲薄而精神之奮勵有加此则大夏三苦主義之所昭示也歟本期為積極提高学生程度计订定各科课内外

作業綱要切實推行并為指導學生品格修養起見聘孫敍都新領導師制度精神酌定何兆霖姚至南傅復天商政何惟忠朱恢伯陳錫恩徐光宇謝長生陳文新朱一是廿十一人為各科級導師注重寫訓於教力謀師生間多方之接觸并以學生多數通學家庭之影響殊大故為洞察學生個性以資施教計特注重學校與家庭之密切聯絡如訪問通訊等之陳學業報告外并制定家長對於學生個性報告表（見附表）以資學校實施訓導之參攷其餘關係於社會服務各事項僅在可能範圍內指導進行至校務行政方面採取迅速集中原則凡日常事務與教訓兩方

有関若可隨時商量處理廢除多議不
行或多會之決之流弊尤此及重要訓導可宜
則名集導師會議或由訓育處商承主任直接處
理覺其繁簡提而教率增加益當此特
殊環境不能不通權達變也是否有當尚乞
訓示遵循 日昨校長勉兄自昆明來書
以家庭関係已就是間教課事此間訓育
職務若請陳錫恩兄代理尚能蕭規曹
隨免於厭職其餘詳情當託諾凱兄代為面
述不復一一 附呈預算教職員任課表課
內外作業綱要各級學生註冊人數及校曆等
統祈 鑒核指示為禱肅此敬請
鈞安
學生孫亢曾敬上 十月二日

伯群、愧安校长赐鉴：

日前叠奉教言，敬悉筑校增设附中，投考学生达八百，打破向来记录，前途发展可期，不胜忭跃。

日昨裕凯兄返沪，得聆黔详情，并钧座领导夙兴夜寐之劳，为大夏树百年之基，司西南文教之铎，更觉心焉向往，感奋百倍。此间大学部已在静安寺路戈登路新址上课二周，注册学生达五百以上。经过详情，谅傅、吴二先生早有函报，兹不再赘。至中学部本期学生达三百九十九人，分十班上课（即初中四班，高中六班），教职员合计达四十六人，详载大夏半月刊第七号。

旧同人如何惟忠、商政、陈锡恩诸兄本期均到校任课，现开学已匝月，觉教学精神及学生纪律均能力追上游，差可告慰廑注。惟因房租负担加重（每月租金福煦路部份，因增加二间教室关系，达七百四十元。又与大学部合赁善钟路寄宿舍，约费百元，合计月需八百四十元之谱）（中学部寄宿生二十人，均男生），故学费收入约三分之一须作房租支出，以致教职员薪俸祇能照上期标准支付，即高中每星期上课一小时月薪三元五角，初中为二元八角，教薪概以钟点十个月计算。职薪亦照教薪标准七折计，惟作十二个月算而已（详见预算表）。

值此非常时期，幸同人均能相谅相勉，坚苦共持，虽物质报酬菲薄，而精神之奋励有加，此则大夏三苦主义之所昭示者欤。本期为积极提高学生程度计，订定各科课内外作业纲要，切实推行，并为指导学生品格修养起见，酌采教部新颁导师制度精神，聘定何兆霖、姚星南、傅复天、商政、何惟忠、朱恢伯、陈锡恩、徐光宇、谢长生、练又新、朱一星等十一人为各科级导师，注重寓训于教，力谋师生间多方之接触，并以学生多数通学，家庭之影响殊大，故为洞察学生个性，以资施教计，特注重学校与家庭之密切联络，如访问通讯等等。除学业报告外，并制定家长对于学生个性报告表（见附表），以资学校实施训导之参考。其馀关于社会服务等事项，尽在可能范围内指导进行。

至校务行政方面，采取迅速集中原则，凡日常事务与教训两方有关者，即随时商量处理，废除『多议不行』或『多会无决』之流弊。其涉及重要训导事宜，则召集导师会议或迳由训育处□□主任直接处理。觉手续简捷而效率增加，盖处此特殊环境，不能不通权达变也。是否有当，尚乞训示遵循。

日昨接廷勋兄自昆明来书，以家庭关系，已就是间教课事。此间训育职务，暂请陈锡恩兄代理，尚能萧规曹随，克称厥职。其馀详情，当托裕凯兄代为面述，不复一一。

附呈预算、教职员任课表、课内外作业纲要、各级学生注册人数及校历等。统祈鉴核指示为祷。肃此，敬请

钧安

学生　孙亢曾　敬上

十月二日

〇一〇　孙亢曾致王伯群（一九四一年三月九日）

孙亢曾（一八九八—二〇〇二），字侃争。广东梅县人。教育学家。大夏大学教育科一九二五届毕业生，一九三六年获英国利兹大学教育学硕士学位。作为厦门大学离校学生团总代表之一参与大夏大学创建，长期担任大夏大学教授，并曾任大夏大学附中主任、师范专修科主任、教务长等职。一九四九年赴台湾，后任台湾师范大学校长。

C121

摩公校長鈞鑒：久疏稟候，敬維
福履康泰為无量頌。本校大中兩部已開學上
課三四週，一切均如常進行，惟本期學生略見減
少，大學部約九百五十人，中學部三百三十餘人，此
今係春季學期常態，且以一般生活程度增高及
滬西交通狀況影响，各校均有同樣情形。所幸
師生合作精神在
鈞座領導下均有加無已。本期大學部校務會議
各系主任及導師代表均出席參加，機構完整，當可
收集思廣益之效。月前頤年兄因與省三師因語言
誤會露消極意，嗣經解釋即冰消霧散，融洽無
間矣。中學部本期教職員均仍舊貫，教訓方面
一本自強不息校訓，力主嚴格，成績似頗見進

C121

去秋附中畢業生考入國立大學者頗不乏人至
南工科學生投入中國銀行及鐵路服務者亦
達七八人此後仍當本嚴格方針造成菁華以固基
礎惟以經費關係不能多聘專任教員且乏
寬敞校舍多容學生每感力不從心時引為
憾有負
鈞長之托耳本期高初中學費各增收百分之三
十分以所增益全教作為增加教職員待遇之用惟
杯水車薪尚難有濟處此非常時代亦祇能
效曾文正公所謂「打脫牙齒和血吞」之精神以相勗
勉而已東風解凍轉瞬又屆春三尚乞
南針時錫俾有遵循為禱專肅敬叩
鈞安
生 孫亢曾謹上 卅年三月九日

群公校长钧鉴：

久疏禀候，敬维福履康泰为无量颂。本校大中两部已开学上课三四周，一切均如常进行。惟本期学生略见减少，大学部约九百五十人，中学部三百三十馀人。此本系春季学期常态，且以一般生活程度增高及沿海交通梗阻影响，各校均有同样情形。所幸师生合作精神在钧座领导下均有加无已。

本期大学部校务会议，各系主任及导师代表均出席参加，机构完整，当可收集思广益之效。月前，颐年兄因与省三师语言误会，露消极意，嗣经解释，即冰消雾散，融洽无间矣。中学部本期教职员均仍旧贯，教训方面一本自强不息校训，力主严格，成绩似显见进步。去秋附中毕业生考入国立大学者颇不乏人。至商工科学生投入中国银行及滇缅路服务者，亦达七八人。此后，仍当本严格方针造成巩固基础。惟以经费关系，不能多聘专任教员，且无宽敞校舍多容学生，每感力不从心，时引为憾，有负钧长之讬耳。

本期高初中学费各增收百分之三十，即以所增益全数作为增加教职员待遇之用，惟杯水车薪，尚难有济。处此非常时代，亦祇能效曾文正公所谓『打脱牙齿和血吞』之精神以相勖勉而已。

东风解冻，转瞬又届春三，尚乞南针时锡，俾有遵循为祷。专肃，敬叩

钧安

生　孙亢曾　谨上

卅年三月九日

〇一一 吴浩然致王伯群、欧元怀（一九四一年十月十日）

吴浩然，江苏吴县人。曾获美国麻省理工学院土木工程硕士学位。曾任美国白莱脱公司工程师。一九二四年至一九四九年任大夏大学总务长。抗战期间，参与创办大夏大学沪校、港校。

伯群
媿盦

校長鈞鑒：前上一函，諒邀台鑒。昨奉媿凡三十日手示，欣悉種切。茲校上課已旬餘，情形極佳。教授已全部聘定，多屬歐美留學知名之士（不單爲附）。學生註冊者至昨日止達百○九人，以法商學院居多數。經費預算百人，今已超過，本期開支可無虞矣。聖保羅校舍雖極美麗，但圖書儀則簡陋異常，不能借用。所有大學現代設備，茲地竟一無所有，而上海則又在禁止出口之列，將來理學院學生祇有暫行停學。紀念週會請陳能方先生指導集團唱歌，歡欣能喚起青年愛國精神也。

上海大夏大學用箋

此次港校能得聖保羅校舍併蒙港府當局特准設立實屬難能可貴之事在港之廣州國民大學內容不堪與爲外人所鄙視我港校若能奠立基礎則不獨爲沪校之退步抑且爲國人私立大學争一光明也任之 承部託辦之電訊班公事之於明日抵港下週繼續行招生一次以期達四十人一班之數教部對港分校未便核准諒有個中困難在現港校僅有一年級尚係試辦性質自不足具分校資格尚請 鈞長向教部疏通使暫時默認不予干涉明歲視大局如何再定進退未知 尊意以為[illegible][illegible]

上海大夏大學用箋

目下尚称安定，惟政局时有恶转可能，自非充实港校以备万一之退步不可。港校若无专人负责主持，则势必失败。今元兄能留此，则港校发展前途极有把握。明春预期可达二百人，经费收支足可维持沪校。大中两部祇有於人事及设备方面加以充实，俾维持现状。次期若何发展，则限於校舍环境及经济三项，恐难如愿耳。洪已定乘民生轮回沪，知注併闻，手此即上，顺请

公安

吴洪然上　十、十日

元兄附笔问候。

上海大夏大學用箋

伯群、媿盦校长钧鉴：

前上一函，谅邀台鉴。昨奉媿兄三十日手示，欣悉种切，港校上课已旬馀，情形极佳，教授已全部聘定，多属欧美留学知名之士（名单另附），学生注册者至昨日止达百〇九人，以法、商学院居多数，经费预算百人，今已超过，本期开支可无虞矣。圣保罗校舍虽极美丽，但图书仪（器）则简陋异常，不能借用，所有大学理化设备，港地竟一无所有，而上海则又在禁止出口之列，将来理学院学生祇有转沪续学。纪念周会请陈能方先生指导集团唱歌，颇能唤起青年爱国精神也。

此次港校能得圣保罗校舍，并蒙港府当局特准设立，实属难能万分之事，在港之广州国民大学，内容不堪，颇为外人所鄙视，我港校若能奠立基础，则不独为沪校之退步，抑且为国人私立大学争一光明地位也。交部讬办之电讯班公事已于昨日抵港，下周拟续行招生一次，以期达四十人一班之数。教部对港分校未便核准，谅有个中困难在。现港校仅有一年级，尚系试办性质，自不足具分校资格，尚请钧长向教部疏通，使暂时默认，不予干涉。明岁视大局如何，再定进退。未知尊意何如？

沪校目下尚称安定，惟政局时有恶转可能，自非充实港校以备万一之退步不可。港校若无专人负责主持，则势必失败。今亢兄能留此，则港校发展前途极有把握。明春预期可达二百人，经费收支足可维持。沪校大中两部祇有于人事及设备方面加以充实，俾维持现状。欲期若何发展，则限于校舍、环境及经济三项，恐难如愿耳。浩已定乘民生轮周后返沪，知注并闻，专此即上，顺请

台安

吴浩然　上

十，十日

亢兄附笔问候。

〇一二 黄奎元致王伯群（一九四二年八月三十一日）

黄奎元（一九〇二—一九七三），安徽太湖人。曾获美国本雪菲利亚大学博士学位。曾任中华圣公会皖赣教区会长，在南昌创办基督教社会活动机构『益群会』。抗战初期，被委任为国民革命军少将参议。一九三八年创办贵阳圣公会，任会吏总。一九三九年起受聘担任大夏大学外国文学系教授，后兼任大夏大学外国文学系主任、贵阳师范学院英文系主任。

貴陽中華聖公會用箋

校長先生惠鑒啓者竊奎元謬承
貴校之聘執教於今數年常感學疏不足以益人每
思及時而引退傾接奉聘書復委以外國文學系主
任之職展誦之餘勿任惶悚竊維
先生委託之盛意及服務青年之本心似不宜有所
推諉然再四思維有不容奎元不懇辭者三奎元現
任中華聖公會滇黔教區會吏總之職所有黔省整個
會務均由一人負責推行焚膏繼晷每覺不勝應付在

會址：中山路一四六號

贵阳中华圣公会用笺

貴校已任十二時課程實無法再分時間一也次則奎元在聖約翰大學及美國本雪菲利亞大學所研究者乃哲學而非文學外文系主任一職非深通文學者不能勝任苟以奎元濫竽結果必致貽誤如此則學校之聲望與個人之名譽均有損而無益二也再則現已八月之末下學期開學在即應請教授多為他校聘去各種專門課程必致無法開班此均系主任應負責任奎元所學有限其何以解此困阨而滿學生之需求三也有

會址：中山一路一四六號

貴陽中華聖公會用箋

此三因故思與其貽誤於將來毋寧慎重於今茲務懇
先生收回成命另聘賢能至於奎元與大夏有數年之歷
史若有需要之處在辭除一切名譽束縛之下必實際負責
幫助近曾致函英人思安德君勸其來筑此君為達雷姆
文學碩士為專門研究英國文學者若其能來筑或可為
學校開數種專門課程也區區之衷諒蒙
鑒原耑此上達並頌
教綏

晚黄奎元 謹啓 八·廿一

會址：中山路一四六號

校长先生惠鉴：

启者：窃奎元谬承贵校之聘，执教于今数年，常感学疏不足以益人，每思及时而引退。

倾接奉聘书，复委以外国文学系主任之职，展诵之馀，勿任惶悚。窃维先生委託之盛意及服务青年之本心，似不宜有所推诿，然再四思维，有不容奎元不恳辞者三：奎元现任中华圣公会滇黔教区会吏总之职，所有黔省整个会务均由一人负责推行，焚膏继晷，每觉不胜应付，在贵校已任十二时课程，实无法再分时间，一也；次则奎元在圣约翰大学及美国本雪菲利亚大学所研究者乃哲学而非文学，外文系主任一职非深通文学者不能胜任，苟以奎元滥竽，结果必致贻误，如此则学校之声望与个人之名誉均有损而无益，二也；再则现已八月之末，下学期开学在即，应请教授多为他校聘去，各种专门课程必致无法开班，此均系主任应负责任，奎元所学有限，其何以解此困厄而满学生之需求，三也。有此三因，故思与其贻误于将来，勿宁慎重于今。兹务恳先生收回成命，另聘贤能。至于奎元与大夏有数年之历史，若有需要之处，在解除一切名誉束缚之下，必实际负责帮助。近曾致函英人思安德君，劝其来筑。此君为达雷姆文学硕士，为专门研究英国文学者，若其能来筑或可为学校开数种专门课程也。

区区之衷，谅蒙鉴原，耑此上达，并颂

教绥

晚 黄奎元 谨启

八，卅一

〇一三　苏希洵致王伯群（一九四三年三月十五日）

苏希洵（一八九〇—一九七〇），字子美。广西武鸣人，壮族。法学家、教育家。一九二〇年获法国巴黎大学法学博士。曾任梧州海关监督、外交部两广特派员、司法行政部总务司司长、法官训练所教务主任、广西省教育厅厅长、政府秘书长、代省主席等职。一九四五年参与创办西江文理学院并代理院长。晚年任台湾『司法院』大法官。

第　頁

伯群校長勛鑒三月百
大函誦悉查
貴校附中南寧分校須更改校名組織
校董會重新辦理立案手續事宜係
遵照　教育部命令辦理関於校名可如
尊意改為南寧私立大夏中學分校董
會之組織及會校之立案似仍應遵照部
令另行辦理以便轉部備案茲抄録原

廣西省政府用牋

第　頁

咨一件隨函送請

查照希即轉知該分校照辦為荷耑此

佈覆順頌

教祺

附抄送教育部原咨一紙

弟蘇希洵敬啓 三月 日

廣西省政府用箋

伯群校长勋鉴：

三月一日大函诵悉。查贵校附中南宁分校须更改校名，组织校董会重新办理立案手续事宜，系遵照教育部命令办理。关于校名，可如尊意，改为南宁私立大夏中学，至校董会之组织及会校之立案，似仍应遵照部令另行办理，以便转部备案。

兹抄录原咨一件，随函送请查照，希即转知该分校照办为荷。耑此布覆，顺颂

教祺

附抄送教育部原咨一纸。

弟 苏希洵 敬启

三月十五日

〇一四　窦觉苍致王伯群（一九四三年三月十六日）

窦觉苍（一八九一—一九四六），原名景祥。贵州兴义人。法学家、政治活动家。一九二〇年毕业于日本早稻田大学政治经济科。一九二六年任贵州高等审判厅厅长、首任贵州高等法院院长。一九二八年任交通部总务司司长。一九三二年回到贵州，任省政府委员兼定番自治实验县县长。一九四二年受聘担任大夏大学法学院教授，并兼任总务长。

該員暫行試用 [illegible]

簽呈 三十二年三月十六日

竊查本處事務組主任吳盛華業經呈准辭職自應遴員接替惟事務主任一職人選困難一時不易物色茲擬約姜鑫民充任事務員所有本組一切事務由職暫行直接指揮處理以期敏捷而免廢弛是否有當理合簽請

校長示祇遵謹呈

校長王

總務長竇覺蒼

奉諭 該員薪俸訂為每月壹佰壹拾元津貼照支

又該員係三月十六日到校

覺蒼

签呈

三十二年三月十六日

窃查本处事务组主任叶盛华，业经呈准辞职，自应遴员接替，惟事务主任一职人选困难，一时不易物色。兹拟约姜鑫民充任事务员，所有本组一切事务，由职暂行直接指挥处理，以期敏捷而免废弛。是否有当，理合签请核示。祗遵谨呈校长王。

总务长　窦觉苍

奉谕：该员薪俸订为每月壹佰壹拾元，津贴五元。又，该员系三月十六日到校。

觉苍

该员暂行试用，馀照准。

群

〇一五　王毓祥致王伯群（一九四三年五月一日）

王毓祥（一八八六—一九四九），字祉伟。湖南衡阳人。教育家。一九二〇年代初获美国纽约大学硕士学位。曾任东南大学、暨南大学、中国公学教授及厦门大学商科主任。大夏大学主要创办人之一，长期担任大夏大学秘书长兼校务发展委员会主任，一九四四年至一九四九年，担任大夏大学副校长。

伯羣校長鈞鑒：久違

鈞教，時深嚮往。昨晤史奎光先生，談

及我

公近況，知貴州仁岸引鹽已由黔商集

資運銷，

鈞座已為大夏投資二百萬元，每年紅

利可獲百分之五十以上。逖聽之餘，深為額

慶抗戰以後滬校能否復興尚在不可知
之數，鈍校則已立於不拔之基矣。望風遙
想，欽慰曷極。此外尚有啓者，頃接大夏
文學院同學田德明君來函，謂渠現任
財政部稽核，與渠從政資歷可獲簡
任之銓叙，惟因艱於家計，尚缺少數學
分未修，致未取得正式畢業文憑。因之

立法院用箋

地位恭生動擬希望校中通融給与
证明並祈弟向
鈞座乃之先容就大夏慣例而論此事
殊有愛莫能助之勢惟在抗戰期内國内
公私各校有此等通融情狀者亦不在少
數田君資歷頗佳可否破格以全培在
鈞裁酌量之中不乏一二即忱
鈞綏

弟 王毓祥 上言 五月一日

立法院用箋

伯群校长钧鉴：

久违钧教，时深向往。昨晤史奎光兄，谈及我公近况，知贵州仁岸引盐已由黔商集资运销，钧座已为大夏投资二百万元，每年红利又获百分之五十以上。逖听之馀，深为额庆。抗战以后，沪校能否复兴尚在不可知之数，筑校则已立于不拔之基矣。望风遥想，钦慰曷极。

此外再有启者，顷接大夏文学院同学田德明君来函，谓渠现任财政部稽核，照渠从政资历，可获简任之铨叙，惟因艰于家计，尚缺少数学分未修，致未取得正式毕业文凭，因之地位发生动摇。希望校中通融给与证明，并讬弟向钧座为之先容。就大夏惯例而论，此事殆有爱莫能助之势。惟在抗战期内，国内公私各校有此等通融情状者，盖亦不在少数，田君资历颇佳，可否破格成全，均在钧裁酌量之中。不尽一一，即颂

钧绥

弟　王毓祥　上言

五月一日

〇一六　王伯群致孙亢曾（一九四三年九月十六日）

王伯群（一八八五—一九四四），名文选，字字行。贵州义兴人。近代民主革命先驱、政治活动家、教育家。一九一〇年毕业于日本中央大学。在日本留学期间加入同盟会，在贵州推动护国运动。曾任南京国民政府交通部长兼第一交通大学校长等职。一九二四年在上海捐资创办大夏大学，一九二四年至一九四二年任大夏大学董事长，一九二七年任大夏大学委员长。一九二八年至一九四四年任大夏大学校长，其间主持大夏大学中山路校园建设和抗战时期内迁。

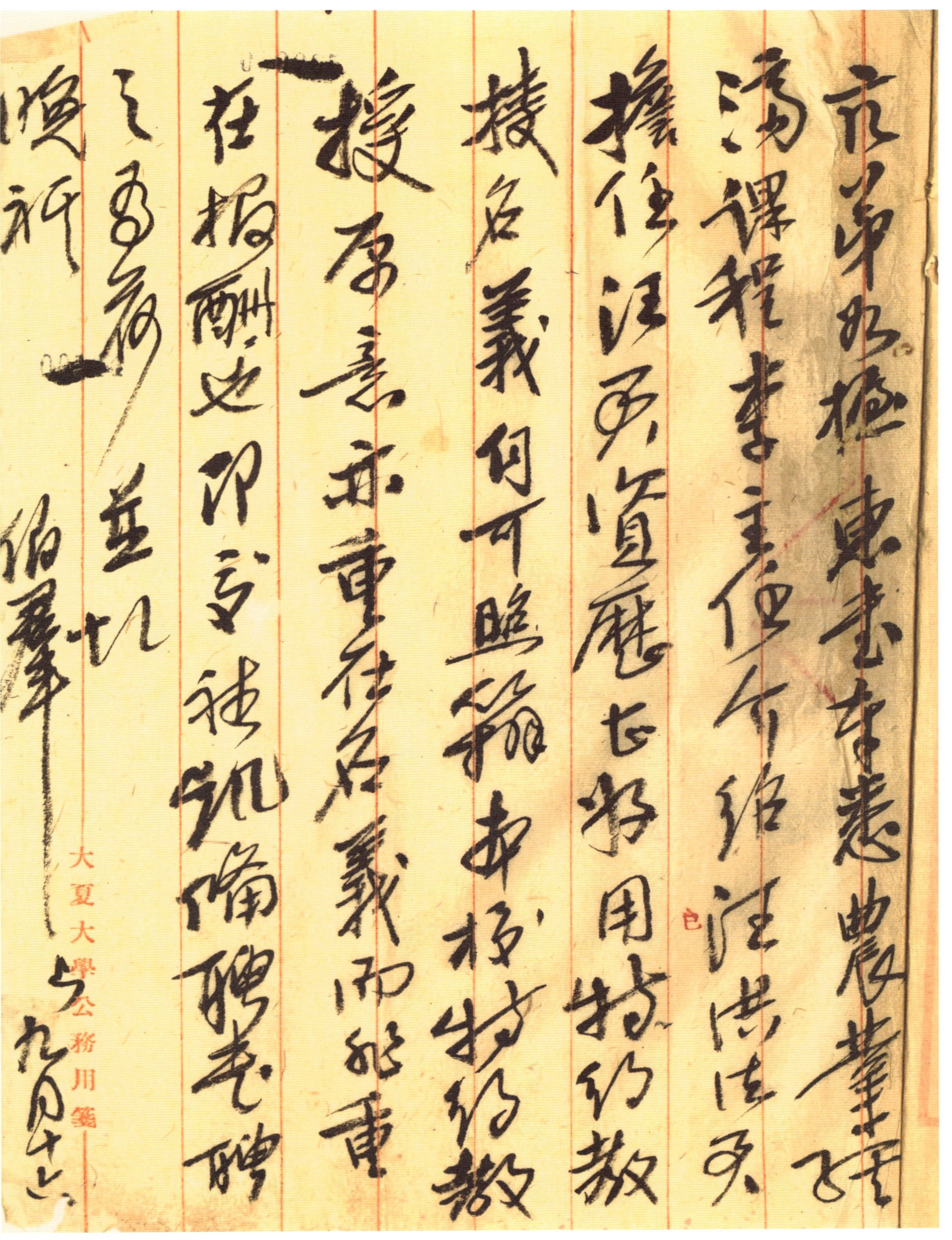

华东师大档案馆藏名人手札

亢弟如握：

惠台奉悉。农业经济课程，李主任介绍汪洪德君担任。汪君资历正好，用特约教授名义，自可照办。本校特约教授，原意亦重在名义，而非重在报酬也。即交裕凯备聘书聘之为荷。并颂

晚祈

伯群　拜

九月十六

〇一七　王保志宁致胡蝶（一九四四年四月六日）

王保志宁（一九一一—一九九九），女，江苏南通人，蒙古族。大夏大学校长王伯群夫人。大夏大学社会系一九三〇届毕业生。曾任战时儿童保育总会贵州分会会长等职。二十世纪四十年代后期任大夏大学校董。

胡蝶女士大鑒：久疏音候，時切依馳，頃聞
大駕將過筑赴渝，深為忭慰，屆時自應盡
東南之美，挹注
清芬也。本年六月一日，為學母校大夏大學
立校二十週年紀念，校方定是日熱烈慶
祝，籌募基金，除舉辦名家書畫展覽
義賣外，並舉行戲劇公演，擬乘
台端過筑赴渝之便，藉重
鼎力，主持大夏大學立校二十週年紀念籌募
基金公演，尚祈
惠然蒞止，襄茲[illegible]：[illegible]年，且感荷
雲情，豈僅學一人已耶！專函奉懇，
并候
明教，臨穎主臣，順頌
藝祺

王保壽拜啟
四月[illegible]日

胡蝶女士大鉴：

久疏音候，时切依驰，顷闻大驾将过筑赴渝，深为忭慰。届时自应尽东南之美，挹注清芬也。本年六月一日，为宁母校大夏大学立校二十周年纪念。校方定于是日热烈庆祝，筹募基金，除举办名家书画展览义卖外，并举行戏剧公演。拟乘台端过筑赴渝之便，藉重鼎力，主持大夏大学立校二十周年纪念筹募□金公演，尚祈□□莅止，襄□□年，□感荷云情，岂仅宁一人已耶！耑函奉恳，竚候明教，临颍主臣，顺颂

艺祺

王保志宁　拜启

四月六日

〇一八　张伯箴致王伯群（一九四四年十月十四日）

张伯箴（一九〇二—一九八六），湖北黄梅人。经济学家。一九二五年毕业于中国公学大学部商科。曾任上海商学院、暨南大学、复旦大学等校教授。一九四一年至一九五一年在大夏大学任教，并先后担任工商管理系主任、经济系主任、法学院院长等职务。讲授经济地理学、经济思想史、西洋经济等课程。

敬簽呈者、查本系副教授韓善甫資格審查一案、
業於民國三十二年七月奉　部令改等為講師、並飭
該員得於三十三年八月請為升等審查在案、頃經本
系系務會議決議、以講師韓善甫、任教本校、歷有年
所、前後担任之工商組織及管理、鉄道會計、銷售學、銀行
會計、經濟學、統計學、會計制度、鉄道管理、商品學、運輸
學等課程、教學成績、均甚優良、又該員前著之路政會計
學、共二冊、業於三十一年七月呈　部審查通過、近著之實用統計
學上下兩編、上編已完成、下編正續編中、是書對經濟與商業統
計、均具獨見、內容豐富、材料新穎、甚適合大學三四年級學生

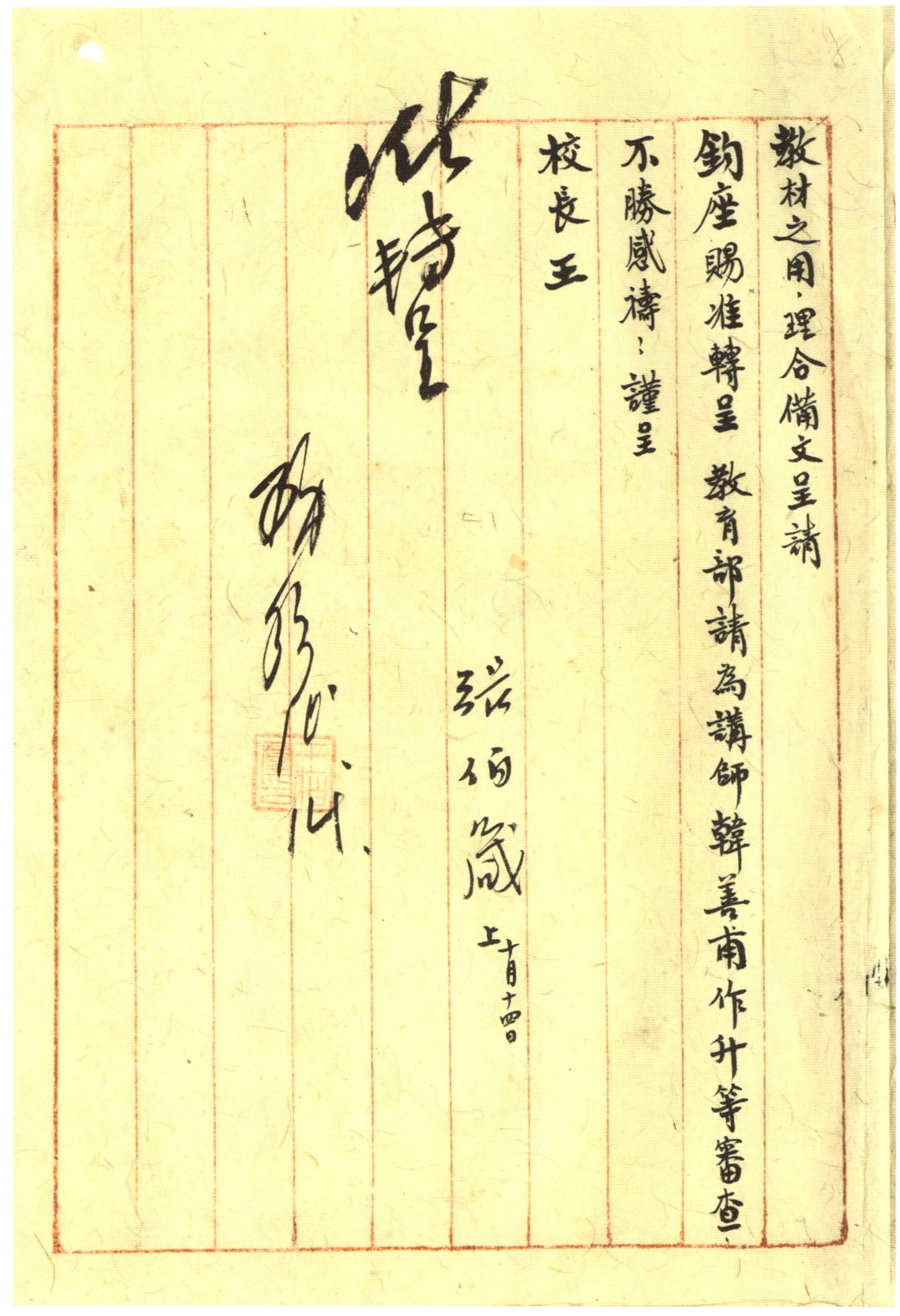

教材之用，理合備文呈請

鈞座賜准轉呈 教育部請為講師韓善甫作升等審查，

不勝感禱！謹呈

校長王

張伯箴 上 十月十四日

准轉呈

敬签呈者：

查本系副教授韩善甫资格审查一案，业于民国三十二年七月，奉部令改等为讲师，并饬该员得于三十三年八月请为升等审查在案。

顷经本系系务会议决议，以讲师韩善甫任教本校历有年所，前后担任之工商组织及管理、铁道会计、销售学、银行会计、经济学、统计学、会计制度、铁道管理、商品学、运输学等课程，教学成绩均甚优良。又该员前著之《路政会计学》共二册，业于三十一年七月呈部审查通过，近著之《实用统计学》上下两编，上编已完成，下编正续编中，是书对经济与商业统计均具独见，内容丰富，材料新颖，甚适合大学三四年级学生教材之用，理合备文，呈请钧座赐准转呈教育部，请为讲师韩善甫作升等审查，不胜感祷！谨呈校长王。

张伯箴　上

十月十四日

准　转呈。

群　启

10.14.

〇一九　欧元怀致王伯群（一九四四年十月三十一日）

欧元怀（一八九三—一九七八），名元怀，字愧安。福建莆田人。教育家、教育学家。一九一九年获美国哥伦比亚大学硕士学位。曾任厦门大学教育科主任。大夏大学主要创办人之一。一九二八年至一九四四年任大夏大学副校长，一九四四年至一九五一年任大夏大学校长。抗战期间曾兼任贵州省教育厅厅长。一九五一年后任华东师范大学副总务长。

伯公校長賜鑒：前日晤暢，聆

教益，欣佩無已。茲有馬君，河北

籍，曾留學國內有名之

物理數學專家，曾任上海大夏、北平師

大、北大等校教授。馬君武先生主

持廣西大學，馬君即被邀任該校理

學院院長兼教務長。馬校長去職後，

嗣任廣西氣象台台長，改任廣西亦

貴州省政府教育廳用箋

設附鄉閩主持科學教育事宜，近從
其友人傑來滬息，馬君山遊桂亦附
疏散至宜山。張院長浮筠逝世，繼
任人選不易物色，似可徵馬君意
見，其適職為宜山廣西亦設附設高
級，轉告何之處，仍乞
尊裁匡濟為荷。耑此敬頌
崇安

弟歐元懷上 十月廿日

伯公校长赐鉴：

前日□晤，畅聆教益，欣佩奚如。兹有马名海君，河北籍美国前辈留学生，国内有名之物理数学专家，曾任上海大夏、北平师大、北大等校教授。旋马君武先生主持广西大学，马君即被邀任该校理学院院长兼教务长。马校长去世后，转任广西气象台台长，现任广西省政府顾问，主持科学教育事宜。近从其友人传来消息，马君已随桂省府疏散至宜山。夏院长浮筠逝世后，继任人选如不易物色，似可函征马君意见。

其通讯处为：宜山广西省政府教育厅转。如何之处，仍乞尊裁迳洽为幸。

专肃，敬颂

崇安

弟　欧元怀　上

十月卅一日

〇二〇 何应钦致窦觉苍、孙亢曾（一九四四年十二月十七日）

何应钦（一八九〇—一九八七），字敬之。贵州省兴义人。国民革命军一级上将。早年参加黔军，后任黄埔军校总教官、教育长，北伐军东路军总指挥、北伐军总司令部参谋长、浙江省政府主席、训练总监部总监、陆海空军总司令部参谋长、军政部部长等职。一九三五年被授予陆军一级上将军衔。抗战期间，先后担任军政部长、参谋总长、陆军总司令等职。日本宣布投降后任中国战区受降最高指挥官。后任联合国安全理事会军事参谋团中国代表团团长、总统府战略顾问委员会主任、国防部部长、行政院长等职。

國民政府軍事委員會用箋

覺蒼、元曾兩兄大鑒：前奉
惠書，當即轉函谷部長正綱核辦，茲
據復稱查該校收容難胞頗多，且入住
不久，致正籌疏散辦法，該校既將復
課，自當儘先辦理等語，特聞，并頌
教祺

何應欽啓

十二月十七日

觉苍、亢曾两兄大鉴：

前奉惠书，当即转函谷部长正纲核办。兹据覆称，查该校收容难胞颇多，且入住不久，现正筹疏散办法。该校既将复课，自当尽先办理等语，特闻，并颂

教祺

何应钦　启

十二月十七日

〇二一 王伯群作铭渠先生挽诗（一九四四年×月×日）

王伯群（一八八五—一九四四），名文选，字字行。贵州兴义人。近代民主革命先驱、政治活动家、教育家。一九一〇年毕业于日本中央大学。在日本留学期间加入同盟会，在贵州推动护国运动。曾任南京国民政府交通部长兼第一交通大学校长等职。一九二四年在上海捐资创办大夏大学，一九二四年至一九四二年任大夏大学董事长，一九二七年任大夏大学委员长。一九二八年至一九四四年任大夏大学校长，其间主持大夏大学中山路校园建设和抗战时期内迁。

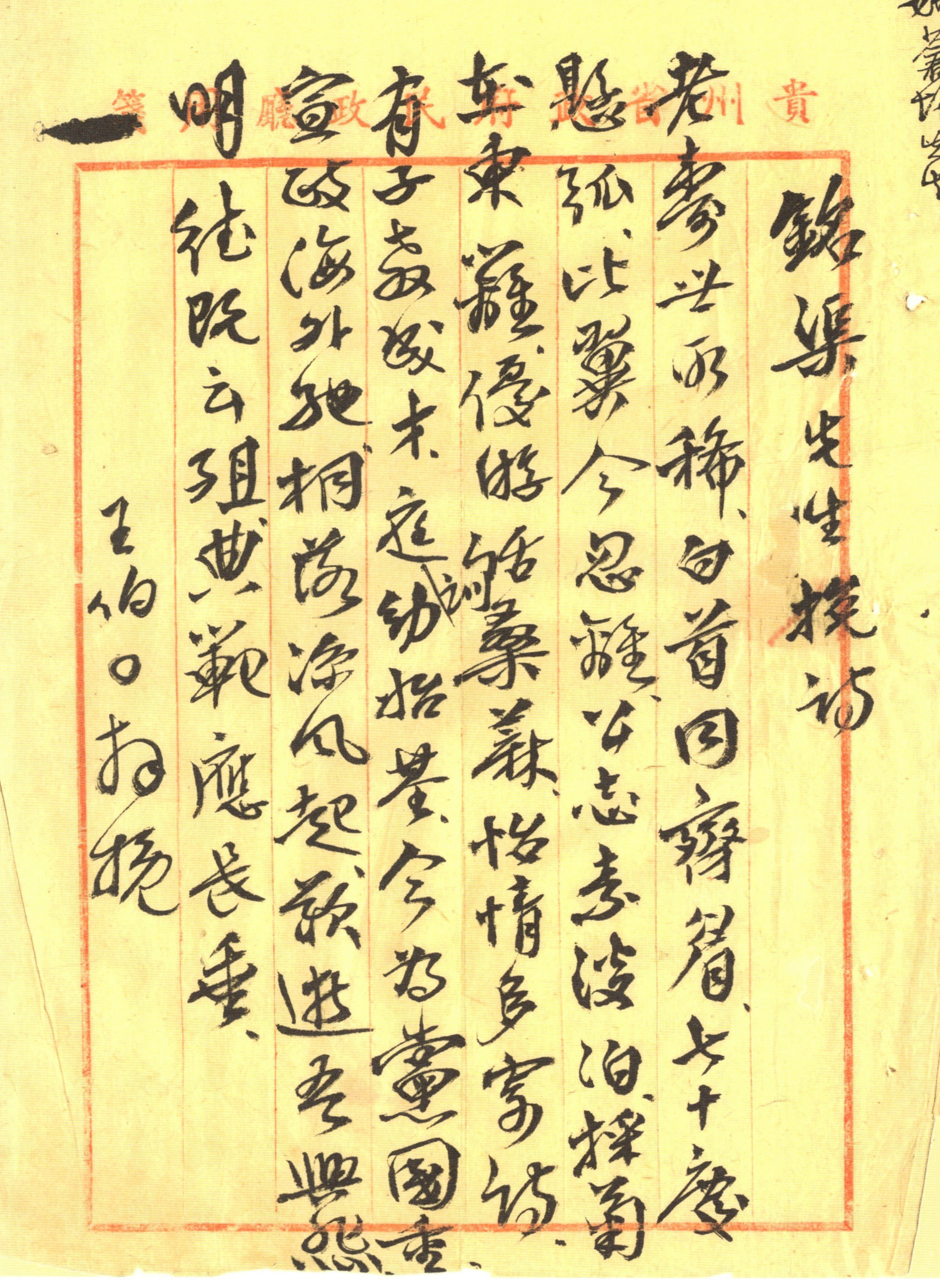

姚[illegible]先生

貴州省政府[illegible]用箋

銘渠先生撰詩

老壽世所稀、白首同齊眉、七十慶懸弧、比翼今偲離、公志素淡泊、採菊東籬、優游結詞藻、藉以怡情多寄詩、有子教成未冠幼始基、今為黨國重、宣政海外馳、桐蔭涼風起、欣逢兩無[illegible]、明德既云祖、典範應長垂、

王伯〇 拜挽

铭巢先生①挽诗

老寿世所稀，白首同齐眉。
七十庆悬弧，比翼今忽离。
公志素淡泊，采菊在东篱。
优游话桑麻，怡情多寄诗。
有子教成才，庭训幼始基。
今为党国重，宣政海外驰。
桐落凉风起，叹逝吾兴怨。
明德既云殂，典范应长垂。

王伯[illegible]拜挽

① 铭巢先生：张道藩之父。

○二二　欧元怀致孙亢曾（一九四四年十二月二十日）

欧元怀（一八九三—一九七八），名元怀，字愧安。福建莆田人。教育家、教育学家。一九一九年获美国哥伦比亚大学硕士学位。曾任厦门大学教育科主任。大夏大学主要创办人之一。一九二八年至一九四四年任大夏大学副校长，一九四四年至一九五一年任大夏大学校长。抗战期间曾兼任贵州省教育厅厅长。一九五一年后任华东师范大学副总务长。

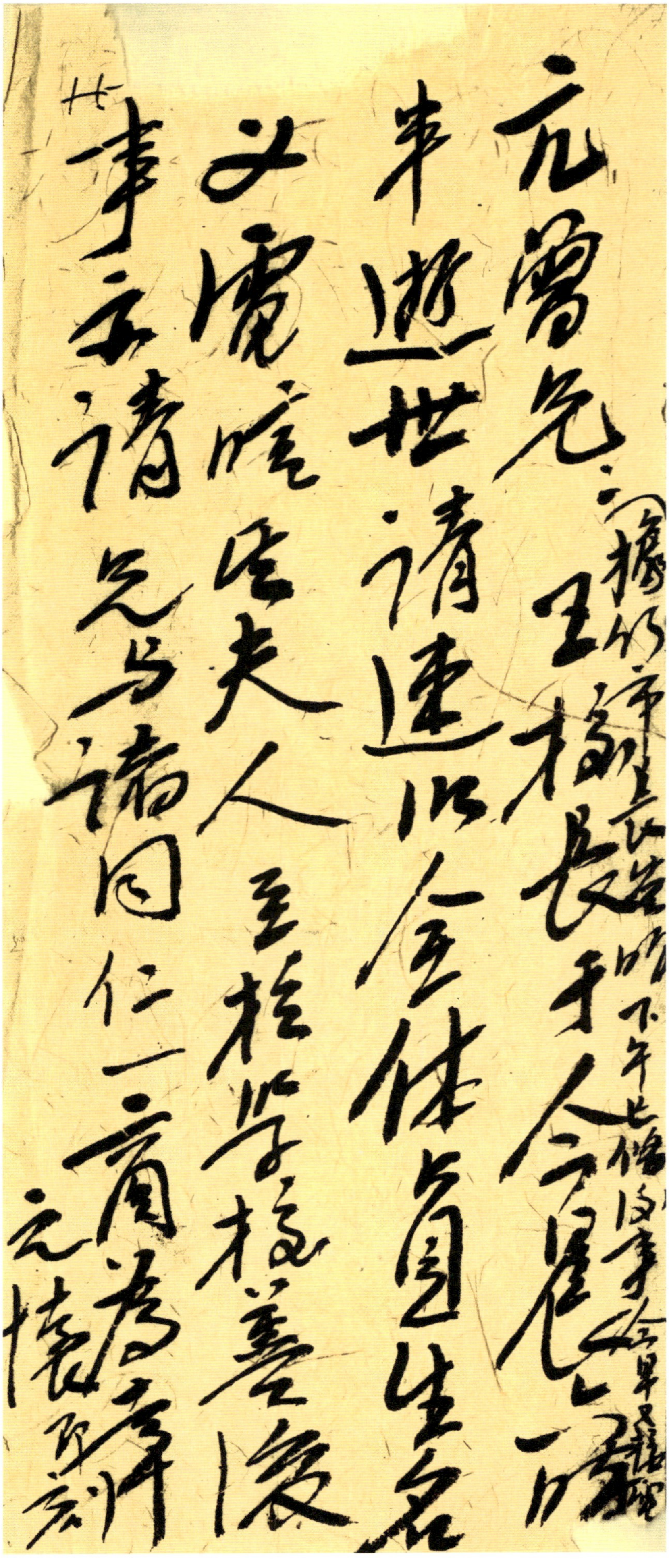

亢曾兄：

王校长于今晨六时半逝世，请速以全体员生名义电唁其夫人。至于学校善后事，亦请兄与诸同仁一商为幸。

元怀

即刻

〇二三 翁文灏致欧元怀（一九四五年一月七日、一月十五日）

翁文灏（一八八九—一九七一），字咏霓，别名存璋，永年。浙江鄞县人。地理学家，政治活动家。一九一二年获比利时鲁汶大学博士学位。曾任北洋政府农商部地质调查所所长，南京国民政府行政院秘书长，经济部部长兼资源委员会主任委员，行政院院长，总统府秘书长等职。一九五一年回大陆，后任民革中央常委，中央和平解放台湾工作委员会副主任。中国地质学的启蒙者之一，创立了燕山运动学说，组织建立了近代第一个地震台站，第一个近代经济地质学化验室，第一次石油地质实地调查，合作编制中国第一部含等高线的彩色地图册。一九二二年参与创办中国地质学会。一九四八年当选首届中央研究院院士。

经济部部长室用笺

元懷先生大鑒接奉上年十二月卅日
惠函承
囑將敵人所設華中礦業研究
所存地質標本化學藥品及儀器
機器等除地質及礦業標本外
餘悉撥歸 貴校領用一節備悉一是
貴校在抗戰期內損失浩大華
中礦業研究所所存器材如有

經濟部部長室用箋

可供

貴校應用者自可酌為撥供以
充教學之需業經電知上海本
部特派員辦公處注意辦理至於
地質鑛業與其他可供地質調
查所利用以及採鑛器材自仍須
交由該所或其他專管機關接收
專函布復并頌

經濟部部長室用箋

敬綏

弟翁文灝拜啓

一月七日

經濟部部長室用箋

元懷吾兄大鑒：前承
函囑將上海華中礦業公司研究所設備酌為撥供
貴校應用一節，當經飭知本部蘇浙皖區特派員辦
公處速為處理具報去後，茲據報告業已根據多方
實際需要妥為分配處理，用將原報告節要抄奉
即希
察及為荷。專此並頌
教祺
翁文灝 拜 月 日

經濟部部長室用箋

元怀先生大鉴：

接奉上年十二月卅日惠函，承嘱将敌人所设华中矿业研究所所存地质标本、化学药品及仪器机器等，除地质及矿业标本外，馀悉拨归贵校。领用一节，备悉一是。贵校在抗战期内损失浩大，华中矿业研究所所存器材，如有可供贵校应用者，自可酌为拨供，以充教学之需，业经电知上海本部特派员办公处注意办理。至于地质矿业与其他可供地质调查所利用，以及探矿器材，自仍须交由该所或其他专管机关接收。专函布复，并颂

教绥

弟　翁文灏　拜启

一月七日

元怀吾兄大鉴：

前承函嘱将上海华中矿业公司研究所设备，酌为拨供贵校应用一节，当经饬知本部苏浙皖区特派员办公处，速为处理，具报去后，兹据报告，业已根据多方实际需要妥为分配处理，用将原报告节要抄奉，即希察及为荷。专此，并颂

教祺

翁文灏　拜启

一月十五日

〇二四　翁文灏致孙科（一九四五年一月×日）

翁文灏（一八八九—一九七一），字咏霓，别名存璋、永年。浙江鄞县人。地理学家、政治活动家。一九一二年获比利时鲁汶大学博士学位。曾任北洋政府农商部地质调查所所长、南京国民政府行政院秘书长、经济部部长兼资源委员会主任委员、行政院院长、总统府秘书长等职。一九五一年回大陆，后任民革中央常委、中央和平解放台湾工作委员会副主任。中国地质学的启蒙者之一，创立了燕山运动学说，组织建立了近代第一个地震台站、第一个近代经济地质学化验室、第一次石油地质实地调查，合作编制中国第一部含等高线的彩色地图册。一九二二年参与创办中国地质学会。一九四八年当选首届中央研究院院士。

哲生先生勛鑒接奉

惠書敬悉種切承

囑撥還上海大夏大學被攫校舍及實驗設備事查偽華中礦業

公司所屬之研究所現在由本部接收人員會同大夏大學吳浩然

君等點收一俟辦理完竣自當查明分別撥還俾得早日復校

專函奉復敬頌

勳綏

翁文灝敬上 [illegible]

行政院

哲生先生勋鉴：

接奉惠书，敬悉种切。承嘱拨还上海大夏大学被攫校舍及实验设备事。查伪华中矿业公司所属之研究所，现在由本部接收人员会同大夏大学吴浩然君等点收。一俟办理完竣，自当查明，分别拨还，俾得早日复校。专函奉复，敬颂

勋绥

翁文灏　敬上

大安

〇二五　郑通和致欧元怀（一九四五年十月一日）

郑通和（一八九九—一九八五），字西谷。安徽庐江人。教育家。一九二五年获美国哥伦比亚大学教育硕士学位。曾任江苏省立上海中学校长、甘肃省教育厅长、台湾大学教授兼训导长、国民党『中央青年部』副部长、台湾『教育部』政务次长、台中中国医学院院长等职。大夏大学成立时受邀来校任教，并于一九二六年至一九二八年任大夏大学训导长，一九二七年兼任大夏中学主任。一九二九年至一九三一年任大夏大学中等教育系主任。

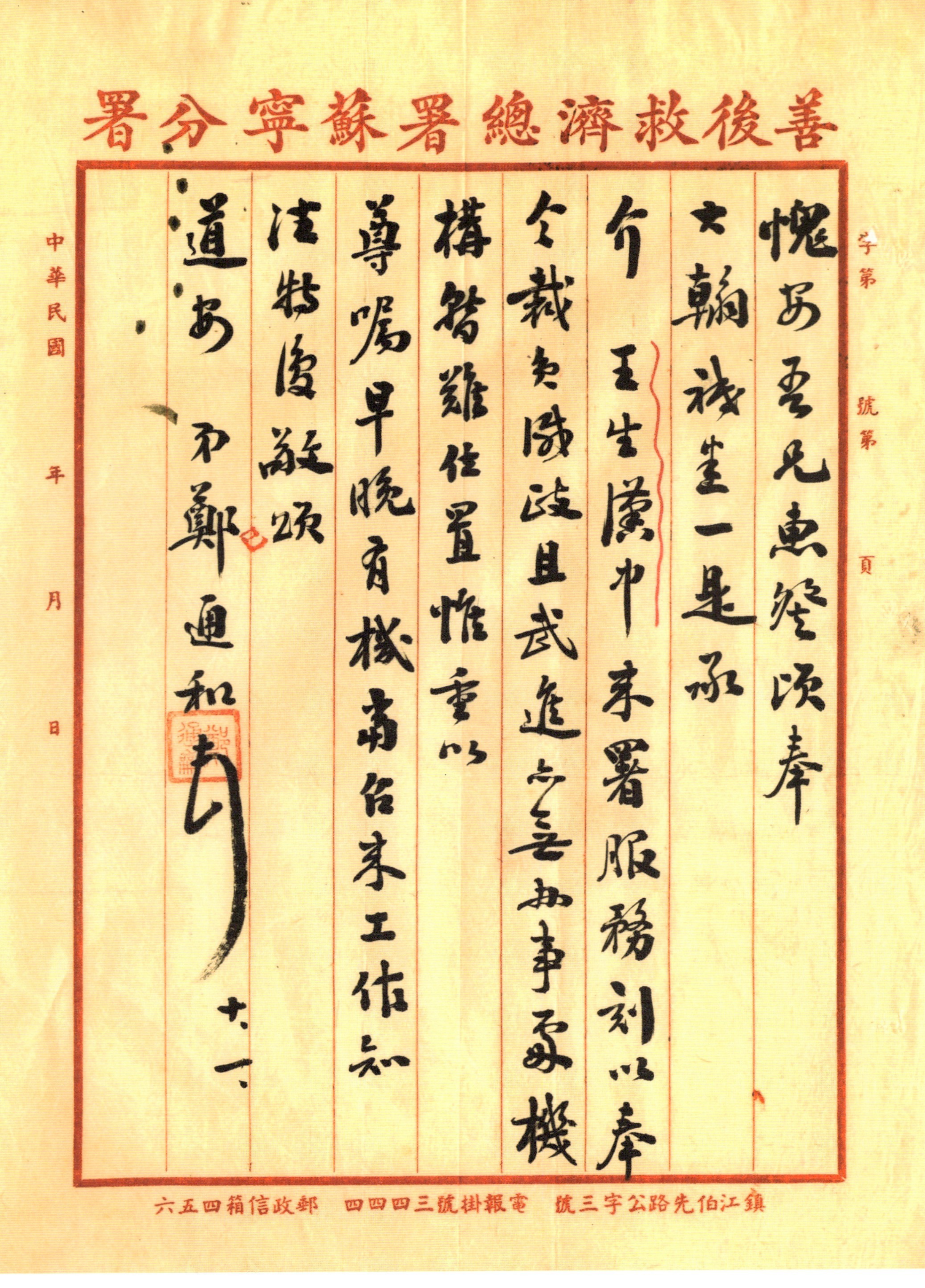

善後救濟總署蘇寧分署

字第　號第　頁

愧安吾兄惠鑒：頃奉
大翰，祗悉一是。承
介王生廣中來署服務，刻以奉
令裁員，職政且武進分署亦事竣，機
構暫難位置，惟當以
尊囑早晚有機當召來工作。知
注特復，敬頌
道安
弟鄭通和　十一

中華民國　年　月　日

鎮江伯先路公字三號　電報掛號三四四四四　郵政信箱四五六

愧安吾兄惠鉴：

顷奉大翰，祇悉一是。承介王生汉中来署服务，刻以奉令裁员减政，且武进亦无办事处机构，暂难位置，惟重以尊嘱，早晚有机当召来工作。知请特复，敬颂

道安

弟　郑通和　顿首

十，一

〇二六　柳诒徵致欧元怀（一九四五年十月二日）

柳诒徵（一八八〇—一九五六），字翼谋，号劬堂。江苏镇江人。文史学家、图书馆学家。曾在江南高等学堂、东南大学、清华大学、中央大学、复旦大学等校任教。创办《史地学报》、《史学杂志》，开创中国文化史研究先河。曾任江苏省立第一图书馆（后更名国学图书馆）馆长。一九四八年当选首届中央研究院院士。

元懷校長先生道席：前為小門人秦鏡入貴校求學函請

賜留宿舍並報告乃父秦生傑人艱苦抗戰管理蘇北糧政時被狙

擊經過，深蒙

採納，至感。惟秦生先任東海縣長，即令子鏡隨侍在東海中

學讀書，迨調管糧政，仍留該中學續讀畢業。返原籍儀

徵東濱而後，迭遭共匪浩劫，人亡家破，遑問文憑。現在有經

收復，瘡痍未平，此事實真相。秦鏡去秋入臨大受訓，即經

報查明，實係東中畢業，中心二年級修業，祇以該東中校長不

知何柱無從請託茲特倩臨[illegible]長經前商之

惠予覆存俾竟學業而宏造就無任感盼[illegible]

嚴頌

教綏

柳詒徵拜啟

十月二日

元怀校长先生道席：

前为小门人秦镜入贵校求学，函请赐留宿舍，并报告乃父秦生杰人，艰苦抗战，管理苏北粮政时，被□狙击经过，深蒙采纳，至感。惟秦生先任东海县长，即令子镜随侍，在东海中学读书，迨调管粮政，仍留伪中学续读，毕业返原籍仪征东沟，而后迭遭□□浩劫，人亡家破，遑问文凭。①

现在甫经收复，疮痍未平，此亦事实真相。秦镜去秋入临大受训，即经报查明实系东中毕业。中公二年级修业，祇以伪东中校长不知何往，无从请证。兹特请临大证明，尚乞惠予鉴存。俾竟学业而宏造就，无任感勖，谨此奉恳，

敬颂

教绥

柳诒徵　拜启

十月二日

① 保留原函文字，乃考虑资料的完整性。——编者

〇二七 孙科致欧元怀（一九四五年十月二十二日）

孙科（一八九一—一九七三），字哲生。广东香山人。孙中山之子。政治活动家。一九一七年获美国哥伦比亚大学硕士学位。一九一〇年加入同盟会。曾任广州市市长、南京国民政府建设部部长、铁道部部长、行政院院长、立法院院长、国民政府副主席等职。一九三五年加入大夏大学校董会，一九四二年被推选为大夏大学第二任董事长。

愧安吾兄校長勛鑒接誦十月十七日
大翰祇悉一一致騮先部長請撥本校復
員旅運費函已照發發政府還都年底
或可開始閱於本校復員一切應辦事宜
屆時請
親自來渝洽辦爲荷專復即頌
勛祺

孫科敬啟
十月廿二日

愧安吾兄校长勋鉴：

接诵十月十七日大翰，祇悉一一。致骝先部长请拨本校复员旅运费函已照签发。政府还都，年底或可开始。关于本校复员一切应办事宜，届时请亲自来渝洽办为荷。专复，即颂

勋祺

孙科 敬启

十月廿二日

〇二八　刘贤甫致训导长（一九四六年五月三日）

刘贤甫（一九二一—　　），湖南湘潭人。企业家。大夏大学经济系一九四八届毕业生。在校期间，曾发起创办天公报社、大夏万岁剧团等学生社团组织。后赴台湾，任台湾嘉欣石油气股份有限公司董事长，台北湖南同乡会、湘潭同乡会常务理事等职。

訓導長鈞鑒

上月十九日已搭木船別了赤水，二十一日抵達重慶，廿七日乘軍
政部差船（民生公司民來輪）於廿九日下午到達宜昌，一路平安，
敬祈勿念。

我校復員輪船是否已定，何日可以成行，均在念中。若能在三
個月以內成行，適宜昌時可得稍許便利。今日此間縣長蔣銘社會服務
處主任張鳴岡設宴款待生等，時席間曾談及本校過宜時尚有
請二位多予協助之處，當承張主任允許將來學校過此當本服
務精神招待，決無問題。
社會服務處於二馬路另設復員服務站數處，免費住
宿及茶水，並可介紹復員專車（汽車），宜昌至漢口二日半可到，票
價貳萬參柒百元。將來若有師生願購車票至漢口時，可請該處幹
事宋楊旭先生出之接洽，少數車票當無問題。

此間挑夫由社會服務管理，帶有臂章，可將挑夫領隊臂章
取下，挑至目的地再出之談價錢，則不致由客人多取吃的問題。可到
又新餐室買飯，每餐約百元，最為低廉。若果師生需在此
住宿，旅社客者自覓頗不容易，亦可請社會服務處宋先生介紹，
並因旅館住處登記皆在該處也。

明日有民望差船自漢口開到，生等乘該輪至漢返湘閱校。
漢口情形若何，到武漢再行函禀。生乃學生自治會幹事之一員

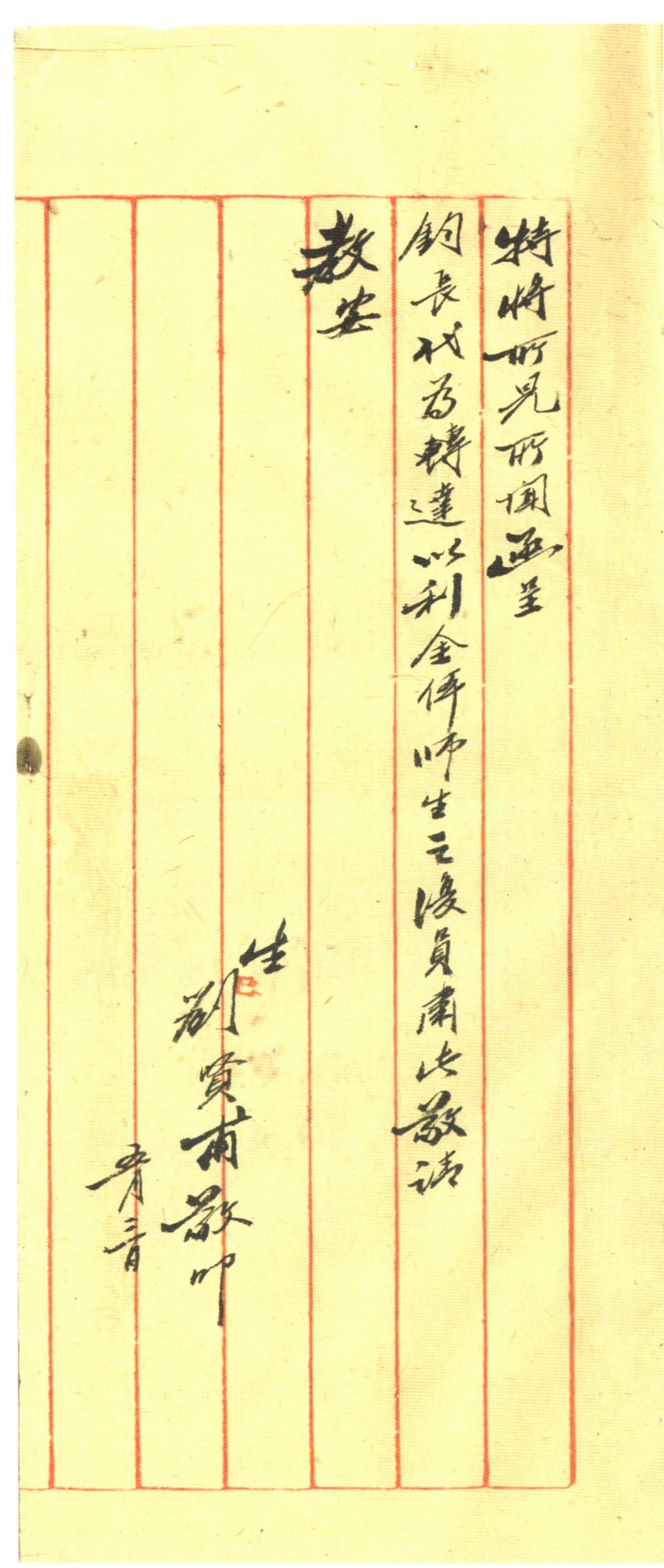

特將所見所聞函呈
鈞長代為轉達以利全体師生之復員肅此敬請
教安
生 劉賓甫敬叩
五月三日

训导长钧鉴：

上月十九日已搭木船别了赤水，二十一日抵达重庆，廿七日乘军政部差船（民生公司民来轮），于廿九日下午到达宜昌。一路平安，敬祈勿念。

我校复员轮船是否已定？何日可以成行？均在念中。如能在三个月以内成行，过宜昌时可得稍许便利。今日此间县长蒋铭、社会服务处主任张鸣冈，设宴款待生等时，席间曾谈及本校过宜时，尚有请二位多予协助之处。当承张主任允许，将来学校过此，当本服务精神招待，决无问题。

社会服务处于二马路另设复员服务站数处，免费住宿及茶水，并可介绍复员专车（汽车）。宜昌至汉口二日半可到，票价二万零柒百元。将来如有师生愿购车票至汉口时，可请该处干事宋杨旭先生。生已与之接洽，少数车票当无问题。

此间挑夫由社会服务【处】管理，带有臂章。可将挑夫领队臂章取下，挑至目的地，再与之谈价钱，则不敢向客人多取。吃的问题可到又新餐室买饭券，每餐数百元，最为低廉。如果师生问欲在此住宿旅社者，自觅颇不容易，亦可请社会服务处宋先生介绍。盖因旅馆住客登记皆在该处也。

明日有民望差船自汉口开到，生当乘该轮至汉返湘。关于汉口情形如何，到武汉再行函禀。

生乃学生自治会干事之一员，特将所见所闻函呈钧长，代为转达，以利全体师生之复员。肃此，敬请

教安

生　刘贤甫　敬叩

五月三日

〇二九　白志忠致鲁继曾、吴浩然（一九四六年六月十七日）

白志忠（一九一六—　），广东梅县人。教育家。大夏大学法学院一九三七届毕业生。一九四五年赴台任台湾嘉义商业职业学校校长。后移居香港，曾任香港文化专科学校校长、佛教英文中学校长、香港能仁学院副院长兼教务长等职。

中國國民黨臺灣省黨部用箋

第　頁

繼岸吾師鈞鑒：謹肅者，蒙
隆此賜寄校慶五十年之冊，收到當即
分別持示同學，傳誦之餘，莫不
歡喜。規年今日，同學返校，據報載
出机筆時登記者，計共六十九人，
閱後頗欲得刊物，請寄七十五份，俾能
人各乙冊。出席募護校基金一
例除在六七紀念會上即席

中華民國　年　月　日

中國國民黨台灣省黨部用箋

第　　頁

認捐之數台幣二萬一千三百元折合法幣約二十餘萬元其餘是日未付加同學亦繼續勸募中擬定百（法幣）萬元當無問題一俟匯款方式與陳長官洽妥後即可匯奉餘容續陳肅此敬頌

崇祺

生　白志忠謹啟　六、十七

附同學孫及進行捐募清冊各乙件

中華民國　　年　　月　　日

继曾、浩然吾师钧鉴：

谨肃者，蒙赐寄校庆特刊五十本，已有收到，当即分别转发各同学，拜诵之馀，无不欣喜。现本今同学日有递增，截至执笔时登记者，计共六十九人，嗣后赐赠刊物，请寄七十五份，俾能人手乙册。

至筹募复校基金一则，除于『六一』聚餐会上即席认捐，已获台币二万一千三百元，折合法币约二十馀万元；其馀是日未参加同学亦继续劝募中。原定法币百万当无问题，一俟汇款方式与陈长官洽妥后，即可汇奉。馀容续陈。

耑肃，敬颂

崇祺

生　白志忠　拜肃

六，十七

附同学录及进行捐募清册各乙本。

〇三〇 孙科致欧元怀（一九四六年六月二十四日）

孙科（一八九一—一九七三），字哲生。广东香山人。孙中山之子。政治活动家。一九一七年获美国哥伦比亚大学硕士学位。一九一〇年加入同盟会。曾任广州市市长、南京国民政府建设部部长、铁道部部长、行政院院长、立法院院长、国民政府副主席等职。一九三五年加入大夏大学校董会，一九四二年被推选为大夏大学第二任董事长。

愧安吾兄校長大鑒：閱於大夏請補助事，現已得

騮先部長覆函，用録原函轉送

台覽，順頌

教祺

孫科

六月廿四日

附抄原函一件

立法院用箋

抄教育部朱部长来函

桂生先生阁下：本月十七日惠札诵悉。关于私立大夏大学经费困难情形，弟诚深知且极挂念。重以学校原南迁后，惟今年本部补助各私立专科以上学校预拟早已分配完毕。弟近察各私立专科以上学校实在困难之状，经已呈院追加二百亿元，尚未核准。一俟通过，届时自当设法优予补助也。尚希转复，并祈垂察是幸。顺颂

勋绥

弟朱家骅拜启 一月廿一日

愧安吾兄校长大鉴：

关于大夏请补助事，现已得骝先部长覆函，用录原函转送台览，顺颂

教祺

孙科

六月廿四日

附抄原函一件

抄教育部朱部长来函

哲生先生赐鉴：

本月十七日，惠札祗悉。关于私立大夏大学经费困艰情形，弟所深知，且极挂念。垂以尊嘱，原当设法，惟今年本部补助多私立专科以上学校，预算早已分配完毕。弟近察各私立专科以上学校实在困难之状，经已呈院追加二百亿元，尚未核准。一俟通过，届时自当设法优予补助也。耑此肃复，并祈垂詧是幸。顺颂

勋绥

弟 朱家骅 拜启

六月廿一日

〇三一 林本致欧元怀（一九四六年十月四日）

林本（一八九八— ），浙江鄞县人。教育家。一九二四年毕业于日本东京高等师范学校。曾在北京女子师范大学、安徽大学、中山大学、中央大学等校任教。一九三一年任国民政府首任督学。一九三三年任浙江省民众教育实验学校校长。一九四六年赴台湾，任台湾省立师范学院首任教务主任兼教育系主任。

臺灣省立師範學院用箋

第　頁

元懷校長尊兄道席：青木關話別，倏經兩
載，時矣，遥企德輝，弥切馳念。弟於上月十九日
抵台，後聞日
大駕過舍，失候，甚歉。台北風光明媚，情形尚不
惡，日人統治五十年，影響甚深，為時移社會風氣
觀念，實為教育上當前之急務也。弟以老友李季谷兄
之邀約，來此主持教務，師院新創，精神尚好，唯以缺教
人員，待遇菲薄，而家人復留居滬濱，因此頗不安作

中華民國　年　月　日

臺灣省立師範學院用箋

第　頁

久住之計耳。

貴校已全部遷回上海否？去年來

先生苦心經營，內部之進展，想已大有可觀矣。

節屆重陽，滬上想已十分涼爽，台灣係亞熱帶，

日中揮汗如雨，亦其異也。不盡一一，謹此

近安！　弟　林本　頓　十、四。

中華民國　年　月　日

元怀校长尊兄道席：

青木阅话别，倏经两载馀矣，遥企沪渎，弥切驰念。弟于上月十九日飞台，后旬日大驾过舍，失候，甚歉。台北风光明媚，情形尚不恶，日人统治五十年，影响甚深，如何转移社会风气观念，实为教育上当前之急务也。弟以老友李季谷兄之邀约，来此主持教务。师院新创，精神尚好，唯公教人员待遇菲薄，而家人复留居沪渎，因此颇不想作久任之计耳。

贵校已全部迁回上海否？数年来先生苦心经营，内部之进展，想已大有可观矣。节届重阳，沪上想已十分凉爽，台湾属亚热带，日中挥汗如雨，亦苦事也。不尽一一。祗颂

公安

弟　林本　顿

十，四

〇三二　周昌寿致欧元怀（一九四六年十月二十一日）

周昌寿（一八八八—一九五〇），字颂久。贵州省麻江县人。物理学家、出版家、教育家。一九一四年毕业于日本东京帝国大学物理系。长期在商务印书馆担任编辑，编译了大量物理学著作、教科书。中国物理学会最早会员之一，为统一物理学名词术语作了大量贡献，也是最早在中国全面介绍量子论成就的学者。一九二四年至一九二五年、一九三〇年至一九三二年、一九四六年至一九五〇年三度担任大夏大学教授，并于一九四六年至一九五〇年间兼任大夏大学数理系主任。

中華學藝社用箋

愧安先生惠鉴：由苏州来言，年姪云
良蒙面询林本先生之归国中未得尚
未悉达否耶？是归为「本侨」，通
信处可由「台北市、台湾省行政长官公
署教育处、范处长之城转交」或由「台
北市、省立师范学院、李院长季谷转
交」均可。特发今午二时到校或可面罄一切
晨安

弟 周予同

35/10/21

愧安先生惠鉴：

由苏归来，闻舍侄长良蒙面询林本先生之号，因弟未归，尚未探悉，甚歉甚歉。其号为『本侨』，通信处可由『台北市　台湾省行政长官公署教育处范处长允臧　转交』，或由『台北市　省立师范学院　李院长季谷　转交』均可。特覆。今午二时到校，或可面罄，顺颂

晨安

弟　周昌寿　顿首

35/10/21

〇三三　王成组致欧元怀（一九四六年十一月一日）

王成组（一九〇二—一九八七），原名绳祖。江苏上海县（今上海市）人。地理学家。一九二六年获美国哈佛大学历史学硕士学位，一九二九年获美国芝加哥大学地理学硕士学位。先后任清华大学、厦门大学、西北大学等校教授。一九三四年至一九四六年任大夏大学教授，并长期兼任大夏大学历史社会学系主任。抗战期间参与大夏大学沪校创办，并兼任沪校文学院院长等职。

愧安校長先生勛鑒：夏間趨候，正值
大駕匆促赴川，竟不相左。近年中曾作東北之行，回滬
乃知
台從西已東返。迴欲晉謁，奈以課務繁重，一時未得
分身。茲有懇者，教部審查教授資格，前在滬校
服務時，早經參加申請，但因太平洋戰事爆發，
結果如何，久無消息。
尊處當有案可稽，幸乞　查明示知，為感。專此
敬頌
鐸安

晚　王制成組頓首　十二月十日

祕綍者三善委詢先生並乞代為道候

愧安校长先生勋鉴：

夏间趋候，正值大驾匆促赴川，竟尔相左。近者弟曾作东北之行，回沪乃知台从亦已东返，亟欲晋谒。奈以课务繁重，一时未得分身。

兹有恳者，教部审查教授资格。前在沪校服务时，早经参加申请，但因太平洋战事爆发，结果如何，久无消息。尊处当有案可稽，幸乞查明示知为感。专此，敬颂

铎安

弟 王（制）成组 顿首

十一月一日

祉祎、省三、养吾诸先生并之代为道候。

〇三四　孙科致欧元怀（一九四六年十一月二十五日）

孙科（一八九一—一九七三），字哲生。广东香山人。孙中山之子。政治活动家。一九一七年获美国哥伦比亚大学硕士学位。一九一〇年加入同盟会。曾任广州市市长、南京国民政府建设部部长、铁道部部长、行政院院长、立法院院长、国民政府副主席等职。一九三五年加入大夏大学校董会，一九四二年被推选为大夏大学第二任董事长。

愧安吾兄校長勛鑒：接誦廿二日

手翰，祗悉一一。本校由黔、赤水復員至滬

所有員生及圖書儀器等公物均安全到

達，至

兄主持有方，致獲圓滿結果，實足欽慰。新

建大禮堂定十二月廿三日舉行落成典禮，屆時

如在滬，自當前來參加。先此布覆，順頌

教祺

孫科 十一月廿五日

立法院用箋

愧安吾兄校长勋鉴：

接诵廿二日手翰，祇悉一一。本校由黔赤水复员至沪，所有员生及图书仪器等公物，均安全到达。吾兄主持有方，致获圆满结束，实是钦慰。

新建大礼堂定十二月廿二日举行落成典礼。届时如在沪，自当前来参加。先此布覆，顺颂

教祺

孙科

十一月廿五日

〇三五　王保志宁致欧元怀（一九四六年十一月二十五日）

王保志宁（一九一一—一九九九），女，江苏南通人，蒙古族。大夏大学校长王伯群夫人。大夏大学社会系一九三〇届毕业生。曾任战时儿童保育总会贵州分会会长等职。二十世纪四十年代后期任大夏大学校董。

字第　號第　頁

槐安校長賜鑒：連奉
惠書並趙發琳君成績單一份敬悉
二十二月廿日為母校思群堂舉行落
成典礼藉資紀念王故校長
盛意隆情莫銘感荷届时自當参
加典礼尚有故校長堂弟王文彥君住
愚園路歧山村54号）亦可参加所欲故校
長相片已隨函寄上請檢收為荷特此
敬頌
教安（故校長相片用畢請仍賜還）　受業王保志寧敬啟　十二月廿五

民國　年　月　日

愧安校长赐鉴：

连奉惠书，并赵发琳君成绩单一份，敬悉一一。十二月廿日为母校思群堂举行落成典礼，藉资纪念王故校长。盛意隆情，莫铭感荷。届时自当参加典礼。尚有故校长堂弟王文彦君（住愚园路岐山村54号），亦可参加。所须故校长相片已随函寄上，请检收为荷。特此，敬颂

教安

（故校长相片用毕请仍赐还。）

受业 王保志宁 敬启

十二月[1]廿五日

---

① 编者注：根据上下文及王保志宁和欧元怀来往信件，应为十一月，十二月应是笔误。

〇三六　唐云鸿致欧元怀、王毓祥（一九四七年一月二十四日）

唐云鸿（一九一五—　　），四川成都人。一九三七年毕业于大夏大学银行系。一九五一年任大夏大学银行系副教授。后任人民银行上海分行金融研究所研究员、国际金融研究室主任，人民银行总行研究生部教授。

通惠實業銀行總管理處用箋
行址：重慶陝西路二五八號
電報掛號：七四八九　電話：一一〇一
C.1

元懷校長
毓祥副校長大鑒：頃奉十七日
手翰，并附大夏中學校董聘椷一件，
誦悉種切。生自維譾陋，祇懼弗勝，
惟贊襄母校事業，義不容辭，爰承
雅命，謹當追隨驥尾，勉負愚誠。今
後如有需生効力之處，尚希隨時
見示，俾克棉薄。專復，敬頌
箸祺

受業生 唐雲鴻 敬上
元月廿四日

元怀校长、毓祥副校长大鉴：

顷奉十七日手翰，并附大夏中学校董聘椷一件，诵悉种切。生自维谫陋，祗〔衹〕惧弗胜，惟赞襄母校事业义不容辞。重承雅命，谨当追附骥尾，勉贡愚诚，今后如有需生效力之处，尚希随时见示，俾尽棉薄。专复，敬颂

箸祺

受业生　唐云鸿　敬上

元月廿四日

〇三七　鲁继曾致鸿寿先生（一九四七年×月×日）

鲁继曾（一八九二—一九七七），字省三。四川阆中人。教育心理学家、教育家。一九二一年获美国哥伦比亚大学硕士学位。大夏大学成立后长期在校任教，先后担任预科主任、教务长、教育学院院长等职。抗战期间，主持大夏大学沪校校务，并领导创办大夏大学香港分校。一九五〇年赴香港，在由大夏校友创办的香港光夏书院任教。

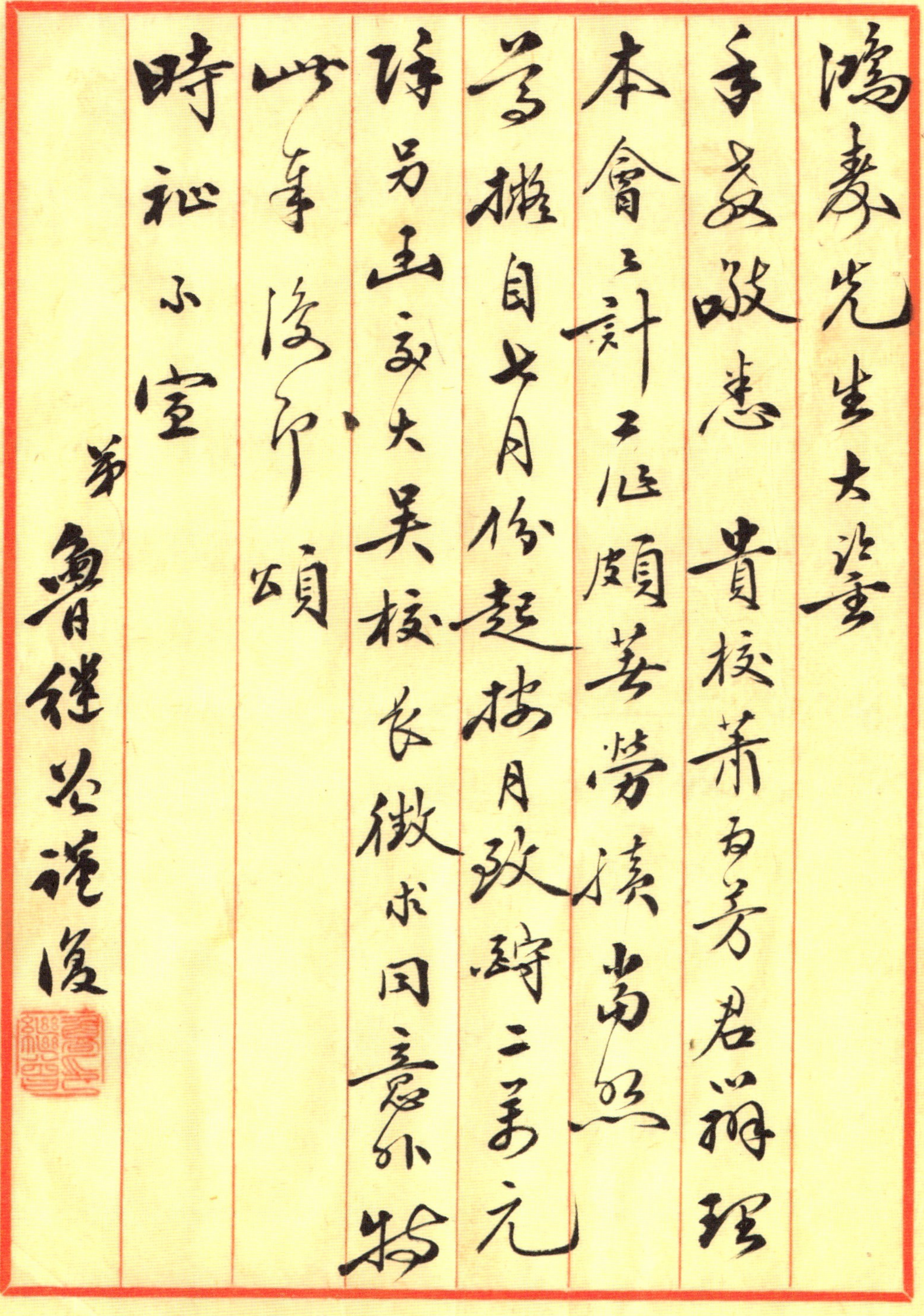
鴻慶先生大鑒：
手教敬悉。貴校蕭百芳君以辦理
本會會計工作頗著勞績，當照
茲擬自七月份起按月致酬二萬元，
除另函致大吳校長徵求同意外，特
此奉復，即頌
時祉，不宣
弟魯繼曾謹復
大夏大學用箋

鸿寿先生大鉴：

手教敬悉。贵校萧为芳君以办理本会会计工作颇著劳积，当照尊拟自七月份起，按月致酬二万元，馀另函交大吴校长，征求同意外，特此奉复，即颂

时祉

不宣。

弟 鲁继曾 谨复

〇三八 钱永铭致欧元怀（一九四八年八月六日）

钱永铭（一八八五—一九五八），字新之，晚号北监老人。浙江湖州人。企业家。历任交通银行上海分行经理、上海银行公会主席、南京国民政府财政部次长、浙江省财政厅厅长、中法工商银行中方董事长、交通银行董事长、中华职业教育社董事会主席等职。二十世纪二十年代起长期担任大夏大学校董。一九四九年后迁居台湾。

交通銀行總管理處用牋

元懷吾兄校長大鑒：連日酷暑，伏審
興居勞節，以頌以慰。茲有懇者，世誼胡志經
君畢業於中央大學體育科，少年英俊，造詣
甚深，亟欲覓一枝借，以期學以致用。
貴校體育系規模宏擴，茲值暑期遞嬗之際，
教授方面諒有更動者，用為推薦，擬乞
惠予裁成，聘為該系助教，同深企感。耑此，并頌
鐸安

弟錢永銘 八、六

元怀吾兄校长大鉴：

连日酷暑，伏审兴居曼茀，以颂以慰。

兹有恳者，世谊胡志绥君，毕业于中央大学体育科，少年英俊，造诣甚深，亟欲觅一枝，借以期学以致用。贵校体育系规模宏扩，兹值暑期递嬗之际，教授方面谅有更动者，用为推荐，拟乞惠予裁成，聘为该系助教。同深企感，耑此，并颂

铎安

钱永铭　顿首

八，六

〇三九 王文俊致欧元怀（一九四八年十一月四日）

王文俊（一九〇四—　），福建莆田人。外国语言文学家。曾在广西大学、江苏学院、福建师范专科学校等校任教。二十世纪二三十年代曾任大夏大学预科英文讲师。一九四六年至一九四八年任大夏大学外文系教授。

第　　頁

十憲安姻兄大鑒　敬者前上蕪函說明不能立即赴滬之理由必能見諒

下學期另行想法未識可否？茲有懇者前在江蘇學院同事今又在

福建師專同事至友顧康伯先生在教育界服務達廿年學問淵博

擅長國歷史國文等科極負盛名為各校學子所愛戴原擬本月底、

赴廈大講學近因蘇北大部分收復為將來還鄉便利計願到滬任教

所担任課程列后待遇照上海國立大學自八月份起薪寄全年聘書且

由校文給旅費拾萬元　兄校如需要延聘顧先生請援以上所呈各點詳

細函覆顧先生即能赴滬前兄附致彭校長一函已面呈渠囑代為、

民國　　年　　月　　日

第　頁

致使省庫專款下學期之師專本悉將如何變化肅此即請

公綏

弟王文俊拜　十一月四日

民國　年　月　日

愧安姻兄大鉴：

启者，前上芜函，说明不能立即赴沪之理由，必能见谅。下学期另行想法，未谛可否。兹有恳者，前在江苏学院同事，今又在福建师专同事，至友顾康伯先生，在教育界服务达卅年，学问渊博，授本国历史国文等科，极负盛名，为各校学子所爱戴。原拟本月底赴厦大讲学，近因苏北大部分收复，为将来还乡便利计，愿到沪任教，所担任课程列后，待遇照上海国立大学，自八月份起薪，寄全年聘书，且由校支给旅费拾万元。兄校如需要延聘顾先生，请按以上所呈各点，详细函覆，顾先生即能赴沪。

前兄附致彭校长一函，已面呈，渠嘱代为致候。省库奇缺，下学期之师专，未悉将如何变化，肃此，即请

公绥

弟　王文俊　启

十一月四日

〇四〇 王裕凯致宝兰（一九四九年四月十五日）

王裕凯（一九〇三—一九八九），字举庭。江苏盐城人。教育家。大夏大学教育科一九二七届毕业生。一九三〇年代获美国南加利福尼亚大学硕士学位。曾任复旦大学、圣约翰大学、东吴大学等校教授。一九二七年至一九四九年在大夏大学任教，并担任大夏大学高等师范科主任、总务长、教育学院院长、训导长、秘书长等职，创办私立上海光夏中学、上海光夏商业专科学校。一九五〇年与部分在香港的大夏师生共同创办香港光夏书院，任院长。后任美国格兰代尔大学、普布丁大学、洛杉矶大学等校教授。

寶蘭同學如晤：多時不見，念念。茲有大夏
同學劉桂敏小姐，去歲年底以時局關係
離校赴台，未能參加學期考試。現刻同學
已在台大借讀，為取得上學期學分起見，
擬請校方將試題寄至台大考試，以免來
校應試諸多不便。該生寄來報告一紙，
請轉魯教務長，茲特寄來，即希
足下就近轉陳魯教務長，代為接洽，
將試題寄去，俾該生上學期學業

光夏商業專科學校校長室用牋

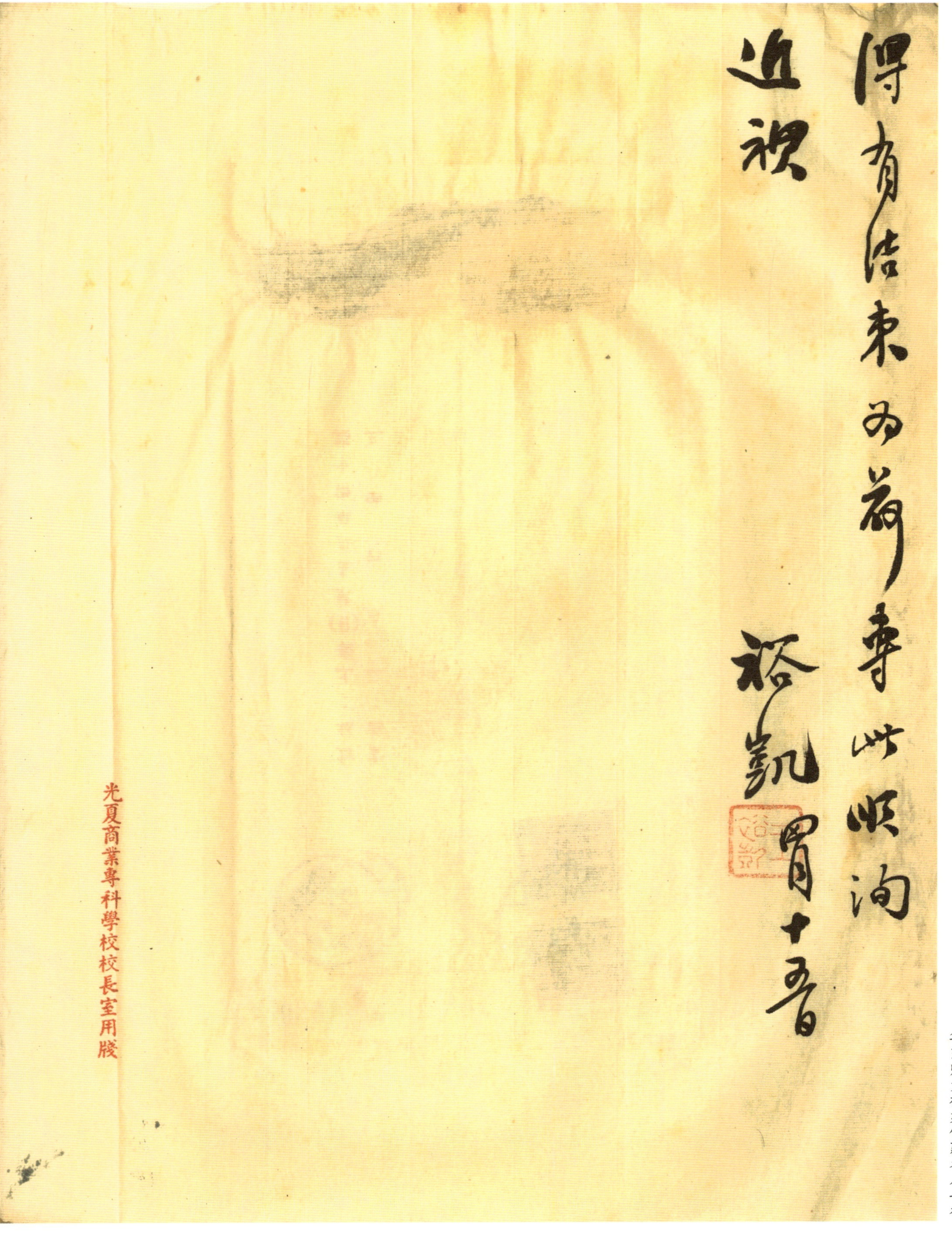
得有結束為荷。專此，順詢
近祺
裕凱 四月十五日

光夏商業專科學校校長室用牋

宝兰同学如晤：

多时不见，念念。兹有大夏同学刘桂敏小姐，去岁年底，以时局关系离校赴台，未能参加学期考试。现刘同学已在台大借读。为取得上学期学分起见，拟请校方将试题寄至台大考试，以免来校应试诸多不便。

该生寄来报告一纸，请转鲁教务长。兹特寄来，即希足下就近转陈鲁教务长，代为接洽，将试题寄去，俾该生上学期学业得有结束为荷。专此，顺询

近祺

裕凯

四月十五日

〇四一 陈昌岱致欧元怀（一九四九年五月三日）

陈昌岱，江西赣县人。大夏大学教育科一九二五届毕业生。曾任赣县中学校长，旅欧记者十年。

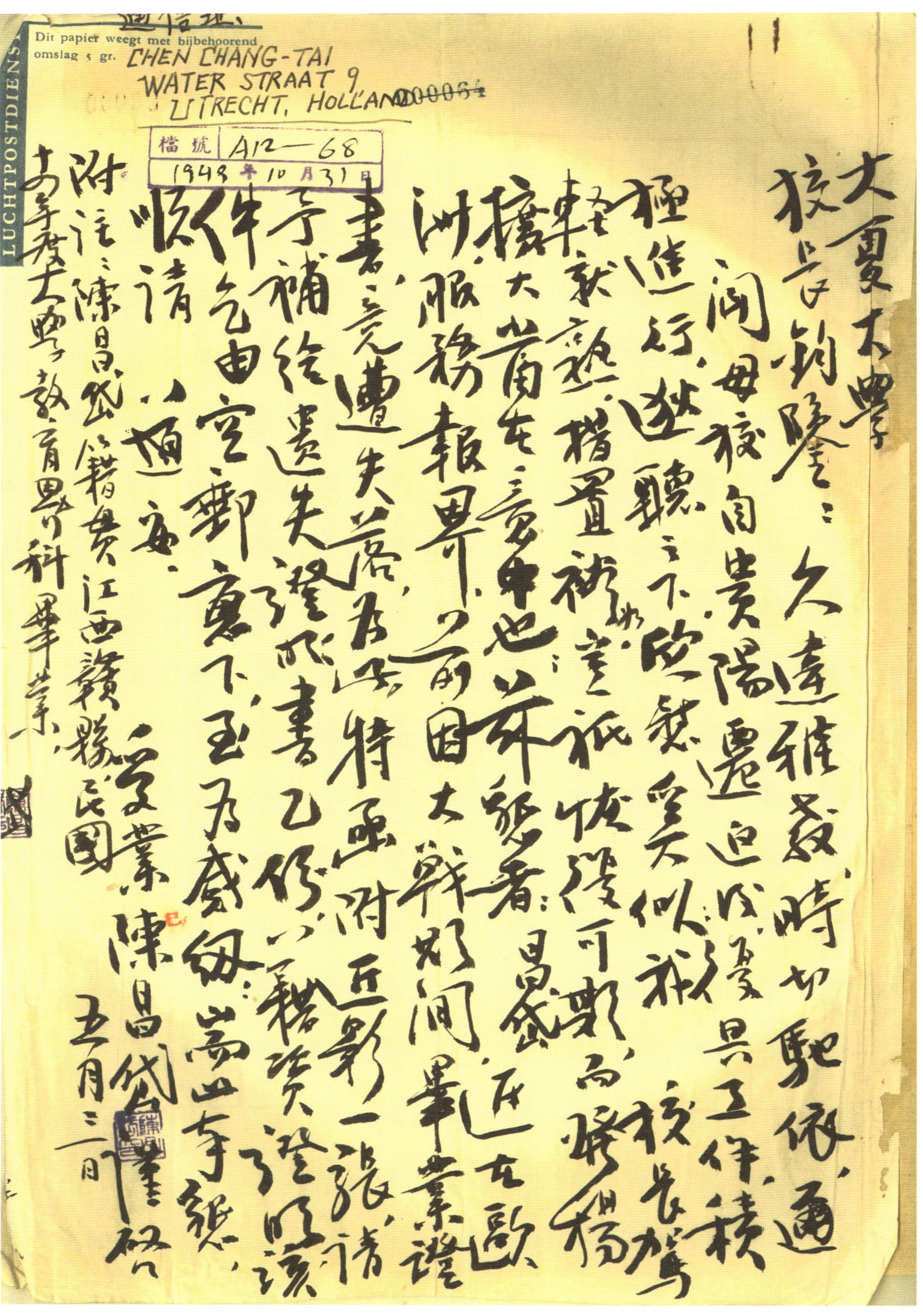

大夏大學
校長鈞鑒：久違雅教，時切馳依。通
聞母校自貴陽遷回後，一切工作積
極進行，欣聞之下，欣慰奚似。校長
熱誠，措置裕如，校務之蒸蒸日上，可期而將
擴大前途，亦意中也。茲者：昌岱於歐
洲服務報界，以前因大戰期間，畢業證
書竟遭失落，為此特函附近影一張，請
予補給遺失證書乙份，以資證明。該
件乞由空郵寄下，至為感紉。專此奉懇，
順請
道安。
受業 陳昌岱謹啓 五月三日
附注：陳昌岱，籍貫江西贛縣，民國
十年考入大夏，教育學科畢業。

大夏大学校长钧鉴：

久违雅教，时切驰依。迩闻母校自贵阳迁返后，复兴工作积极进行。逖听之下，欣慰奚似。我校长驾轻就熟，措置裕如，岂祇恢复可期，而发扬扩大当在意中也。

兹恳者：昌岱近在欧洲服务报界，前因大战期间毕业证书竟遭失落，为此，特函附近影一张，请予补给遗失证明书乙份，藉资证明该件。乞由空邮惠下，至为感纫！耑此奉恳，顺请

道安

受业 陈昌岱 谨启

五月三日

附注：陈昌岱，籍贯江西赣县，民国十四年度大学教育科毕业。

○四二　武佛衡致苏训导长（一九四九年五月十一日）

武佛衡（一九二〇—　）女，安徽凤阳人。化学家。大夏大学化学系一九四六届毕业生。后在大夏大学、华东师范大学化学系任教。

签呈　五月十日

窃职近以体力欠佳对于女生指导职务实难以胜任且际此时期情形复杂深感无力负此艰巨之工作乞为准予辞去女生指导职务另选贤能接充不胜感戴之至

谨呈

苏训导长　请转呈

王（欧）校长

职　武佛衡　呈

丁批：

密慰留（批）（此生留至先生阅）

签呈

五月十一日

窃职近以体力欠佳，对于女生指导职务实难以胜任，且际此时期情形复杂，深感无力负此艰巨工作，乞为准予辞去女生指导职务，另选贤能接充，不胜感戴之至。

谨呈：苏训导长。请转呈：王校长、欧校长。

职　武佛衡　呈

丁秘书□慰留　怀（此函留王先生阅）

〇四三　孙科致欧元怀、王毓祥（一九四九年七月一日）

孙科（一八九一—一九七三），字哲生。广东香山人。孙中山之子。政治活动家。一九一七年获美国哥伦比亚大学硕士学位。一九一〇年加入同盟会。曾任广州市市长、南京国民政府建设部部长、铁道部部长、行政院院长、立法院院长、国民政府副主席等职。一九三五年加入大夏大学校董会，一九四二年被推选为大夏大学第二任董事长。

立法院用箋

元懷校長
銘祥副校長吾兄道鑒：六月廿六日

惠書拜悉。頃接朱部長六月廿九日

關於本校求改國立事復函，茲特

檢同原函送請

查照。順頌

教祺

附朱部長原函乙件

孫科 七月一日

元怀、毓祥吾兄，校长、副校长道鉴：

六月廿八日惠书拜悉。顷接朱部长六月廿九日关于本校求改国立事复函，兹特检同原函，送请查照。顺颂

教祺

附朱部长原函乙件。

孙科

七月一日

〇四四　葛受元致欧元怀（一九四九年十月二十六日）

葛受元，湖南人。政治学家。曾获美国哈佛大学硕士学位。历任复旦大学、光华大学、贵州大学等校教授。一九四二年至一九四九年任大夏大学教授、政治系主任。一九四五年至一九四六年任法学院院长。

愧安校長吾兄賜鑒：日前暢談，欣感交并。弟在大夏雖乏貢獻，但前後十三年時間，不可謂不久，本期因限於環境，不得已暫告離職，深為歉憾。下期如有變通辦法，仍盼繼續為大夏服務，藉聆教益。弟於八月中曾借支薪金四十單位，祈應歸還，但日來經濟拮据，擬俟下月復旦薪金領到後按當時牌價送上，特先奉聞。統希鑒諒。祇頌

教安

弟葛受元拜上 十月廿六日

愧安校长吾兄赐鉴：

日前畅谈，欣感交并。弟在大夏虽乏贡献，但前后十三年，时间不可谓不久。本期因限于环境，不得已暂告离职，深为歉憾。下期如有变通办法，仍盼继续为大夏服务，藉聆教益。弟于八月中曾借支薪金四十单位，兹应归还。但日来经济拮据，拟俟下月复旦薪金领到后，按当时牌价送上。特先奉闻，统希鉴谅，祇颂

教安

弟　葛受元　拜上

十月廿六日

光華大學

〇四五　胡惟德致张寿镛（一九二六年四月三十日）

胡惟德（一八六三—一九三三），字馨吾。浙江吴兴（今湖州）人。清末举人。一八九〇年起先后在驻英、美、俄使馆工作，一九一〇年调任外务部左侍郎兼税务大臣帮办。一九一一年任袁世凯内阁外务部副大臣署理外务部大臣。一九一二年至一九二〇年先后任驻法国、西班牙、葡萄牙、日本公使。一九二六年署国务总理并摄行临时执政。一九二七年一月任顾维钧内阁内务部总长，六月代理国务总理。工书法，诸体兼擅，篆书尤为出色。

詠霓仁兄校長大鑒展奉
惠書肴悉種切承
示貴校成立以來規模閎遠旨趣正大本年
學生已達千人以上具徵
毅力熱心嘉惠後學行見校風優美媲美
南開為滬上私立大學特標令譽也肴老
捐助校地九十餘畝值價三十万元高義盛心
近今罕覯尤令卅年老友聞風傾倒欽佩

莫名至呈請教部主案事屬公例諒無扞
格昨晤次珊總長業為力從贊成藉副
雅囑渠當另有復函也此復祗頌
公綏

弟胡惟德拜启
四月卅日

詠霓仁兄校长大鉴：

展奉惠书，备悉种切。承示贵校成立以来，规模闳远，旨趣正大，本年学生已达千人以上。具征毅力热心，嘉惠后学，行见校风优美，媲美南开，为沪上私立大学特标令誉也。省老捐助校地几十馀亩，值价三十万元，高义盛心，近今罕觏，尤令卅年老友闻风倾倒，敬佩英名。至呈请教部立案，事属公例，谅无扞格。昨晤次珊总长，业为力促赞成。藉副雅嘱，渠当另有复函也。此复，

祗颂

公绥

弟　胡惟德　拜启

四月卅日

〇四六　张学良致张寿镛（一九三〇年十二月四日）

张学良（一九〇一—二〇〇一），字汉卿，号毅庵。辽宁盘锦人。政治家、军事家。毕业于东三省陆军讲武堂，在奉系军中担任要职。一九二八年『皇姑屯事件』后，继任为东北保安军总司令，坚持『东北易帜』，促使中国从形式上走向统一。一九三六年同杨虎城发动『西安事变』，联共抗日，促成第二次国共合作。

陸海空軍副司令用牋

詠霓先生教席頃荷

来書猥聆

藻飾就讅

宏造人才為國光寵甚盛甚盛

示以禮堂等處需款興修囑為輸助一節祇

緣年来籌助教育事項用款迴已超過個人

收入心長力絀辱

命滋慚擬俟將来經濟差裕之時再為設法

陸海空軍副司令用牋

襄贊也此次入都事冗淞濱之盛無暇一遊
預荷
招延彌滋歉仄矣耑此布復諸希
亮照並頌
台綏

張學良
九年十二月四日發

詠霓先生教席：

顷荷来书，猥聆藻饰，就谛宏造人才，为国光宠，甚盛甚盛。

示以礼堂等处需款兴修、嘱为输助一节，祇缘年来筹助教育事项，用款迥已超过个人收入，心长力绌，辱命滋惭。拟俟将来经济差裕之时，再为设法襄赞也。此次入都事冗，淞滨之盛，无暇一游。预荷招延，弥滋歉仄矣。耑此布复，诸希亮照，并颂

台绥

张学良　启

十九年十二月四日发

〇四七　蔡莲荪致张寿镛（一九三八年五月十六日）

蔡莲荪，光华大学职员。抗战期间，代理光华大学秘书兼领事务主任，担任森茂化学工业制造厂股份有限公司董事等职。

為呈請辭去兼代職務以專責任仰祈
鑒核事竊蓮蓀猥以菲材仰荷
鈞座栽植委畀襄辦會計事宜荏苒三載幸
勉隕越溯戰後環境突變校方為樹百年大計
派秘書兼領事務主任陸壽長先行入川籌備
成都部開學事宜責蓮蓀暫行兼代所遺職務
蓮蓀受命之初惶悚倍至顧以暫時性質極願竭
其棉薄以報

光華大學用箋

光華大學用箋

鈞座夙昔提掖之大德今者容院長啟兆新自
川中歸來述及川校精神煥發聞之殊為欣慰
惟陸秘書身膺重寄百端待舉一時似難回滬
而其所遺滬校職務關係對內對外者至鉅蓮蓀
自維材識微末況以會計處整理舊債工作日形繁
張倘或因循濫竽勢必艱於應付迫不獲已敬懇
鈞座准予辭去兼代職務另選賢材專其責任學
校幸甚蓮蓀幸甚冒瀆直陳伏乞

俯宥衷曲臨穎神馳不勝迫切待

命之至謹呈

校長張

職蔡蓮蓀呈 廿七年五月十八日

情意懇摯姑照所由張美聯暫代壽鏞

光華大學用箋

为呈请辞去兼代职务以专责任，仰祈鉴核事。

窃莲荪猥以菲材，聊荷钧座栽植，委畀襄办会计事宜，荏苒三载，幸勉陨越。溯战后环境突变，校方为树百年大计，派秘书兼领事务主任陆寿长先行入川，筹备成都部开学事宜，责莲荪暂行兼代所遗职务。莲荪受命之初，惶悚倍至，顾以暂时性质，极愿竭其棉薄，以报钧座夙昔提掖之大德。

今者容院长启兆，新自川中归来，述及川校精神焕发，闻之殊为欣慰。惟陆秘书身膺重寄，百端待举，一时似难回沪，而其所遗沪校职务关系，对内对外者至巨。莲荪自维材识微末，况以会计处整理旧债工作日形紧张，倘或因循滥竽，势必艰于应付，迫不获已。

敬恳钧鉴座准予辞去兼代职务，另选贤材专其责任，学校幸甚，莲荪幸甚。冒渎直陈，伏乞俯宥衷曲，临颍神驰，不胜迫切待命之至。谨呈校长张。

职　蔡莲荪　呈

廿七年五月十六日

情意恳挚，姑且准，由张华联暂代。

寿镛

〇四八 谢霖致张寿镛（一九三八年七月十四日）

谢霖（一八八五—一九六九），字霖甫，或麟甫。江苏武进人。教育家。中国近代会计史上的先驱人物。中国第一位注册会计师、第一家会计师事务所的创办者。一九〇九年毕业于日本明治大学商科，获学士学位。起草的《会计师暂行章程》，为中国第一份会计师制度。历任光华大学商学院院长、副校长、成都分部校长等职。筹办光华大学成都分部，并长期主持日常事务。主要著作有《银行簿记学》、《实用银行会计》等。

光華大學

成都東門內王家壩街二十六號　電報掛號一四六三

詠老賜鑒：連日陰雨，河水驟漲，中止行車。孝慈又滿，欲開戲迎接，無奈一則新津渡難過，二則車夫告退，一時覓不到替人，故於昨日電請回嘉設法，今接電知決赴渝一行，然後由渝回省，亦是好法。尚又分電嘉定及星聯，又弟不知嘉定何日有船下駛，並已囑嘉定

民國　年　月　日　字第　號第　一　頁

電話：　號

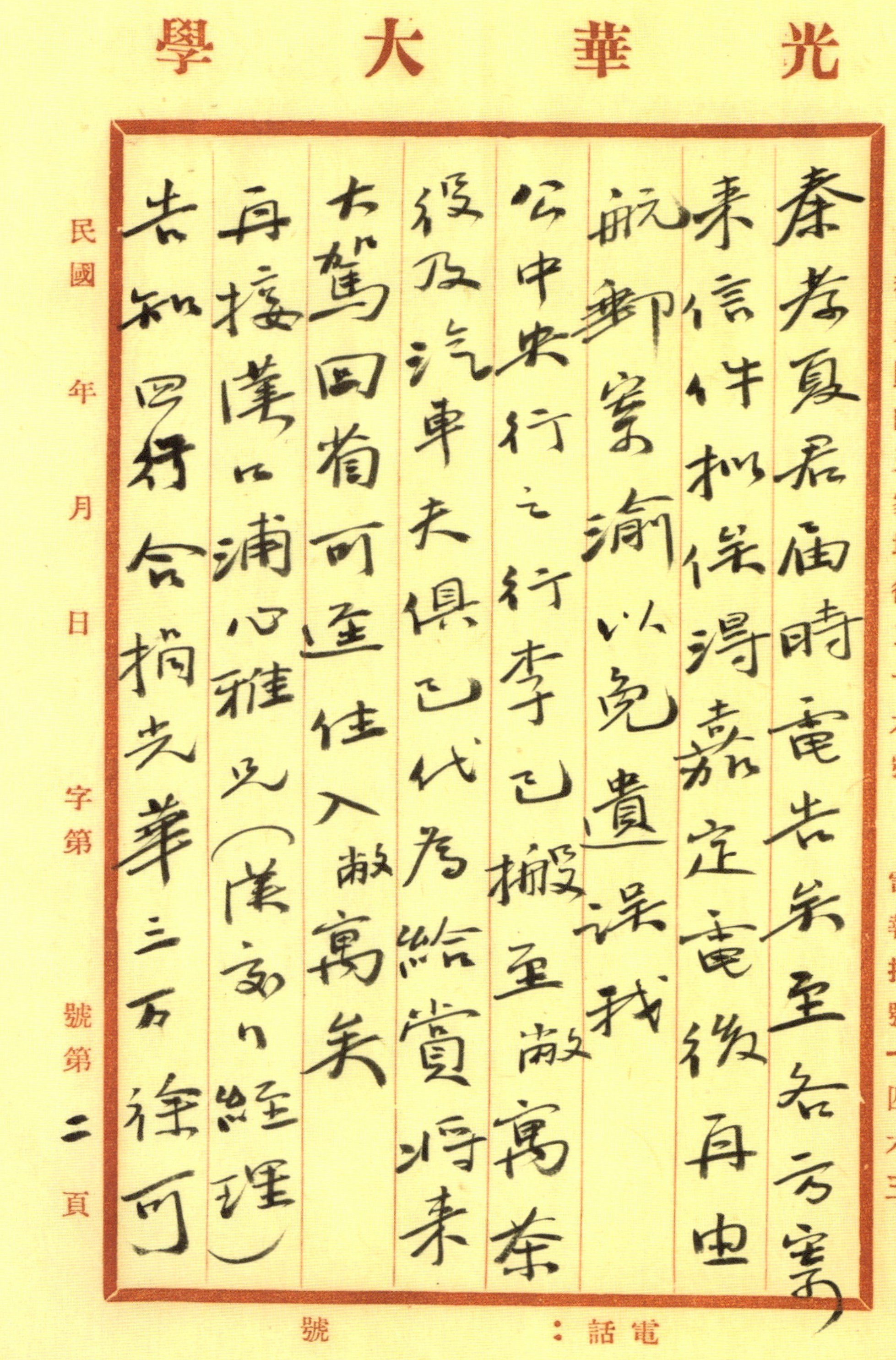

成都東門內王家壩街二十六號

光華大學

電報掛號一四六三

秦孝夏君函時電告矣至各方寄
来信件拟從緩嘉定電後再由
航郵寄渝以免遺誤我
公中央行之行李已搬至敝寓奈
役及汽車夫俱已代為給賞將来
大駕回蓉可逕住入敝寓矣
再接漢口浦心雅兄（漢分行經理）
告知四行合捐光華三万徐可

民國　年　月　日　字第　號第二頁

電話：　號

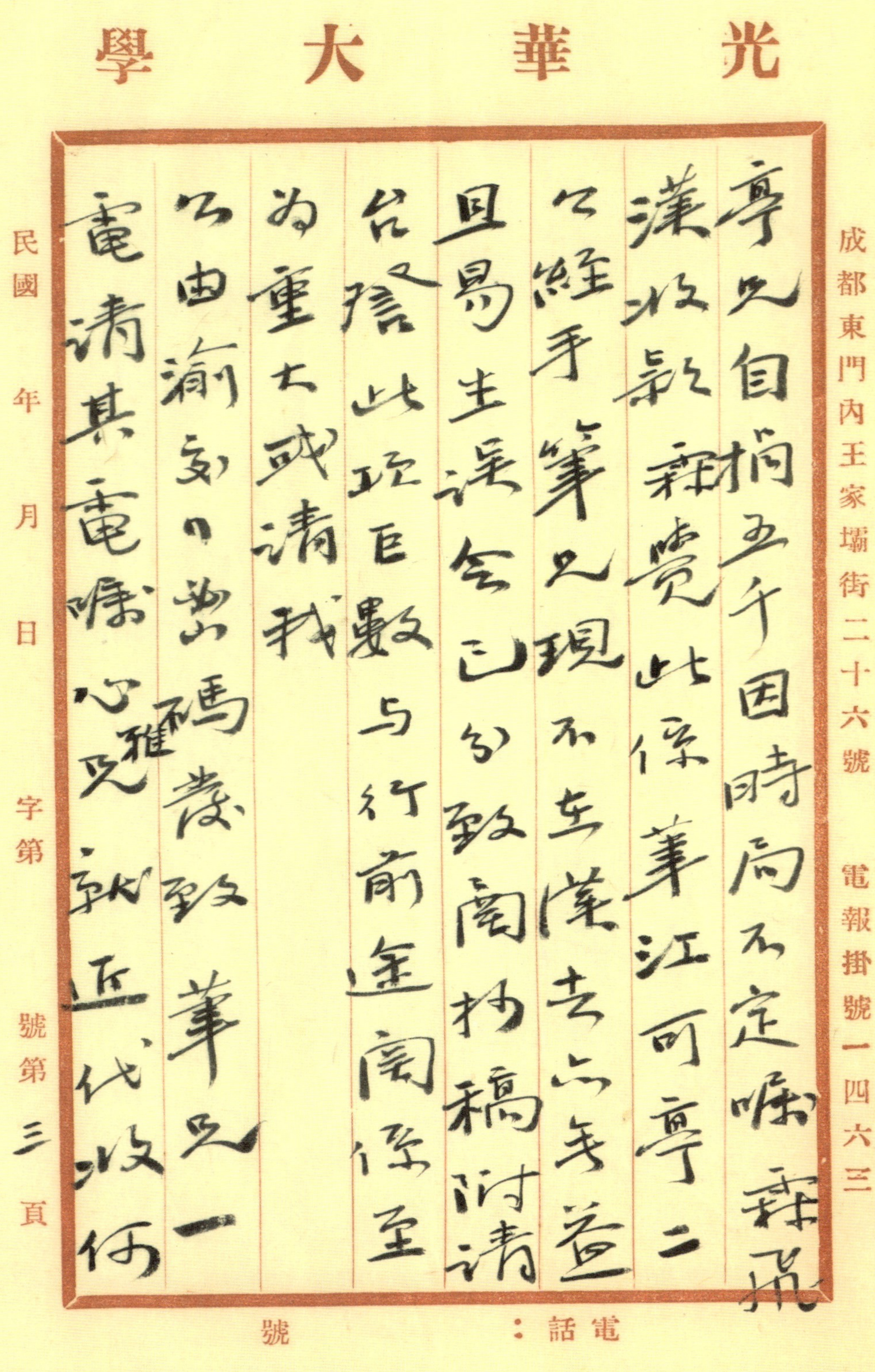

光華大學

成都東門內王家壩街二十六號　電報掛號一四六三

亭兄自捐五千因時局不定暫緩
漢收款稍覺此係華江可亭二
兄經手筆兄現不在漢去六年暨
且易生誤會已分致閣揚稿附請
台詧此項巨數与行前途關係至
為重大或請我
兄由渝分別函馮雅蔭致華兄一
電請其電告心兄款匯代收何

民國　年　月　日　字第　號第三頁

電話：　號

光華大學

成都東門內王家壩街二十六號　電報掛號一四六三

為至捐款收據早已收就寄交漢
口交通銀行矣
又省銀行借款事近尚無消息
昨又商周宜甫先生請代催（促）請
以一訪宜老何如因有一部份
捐款已託宜老接洽也宜老之
孫（永周同學）在本校會計系讀書明年畢
業成績甚好晤面時可請談及

民國　年　月　日　字第　號第　頁

電話：　號

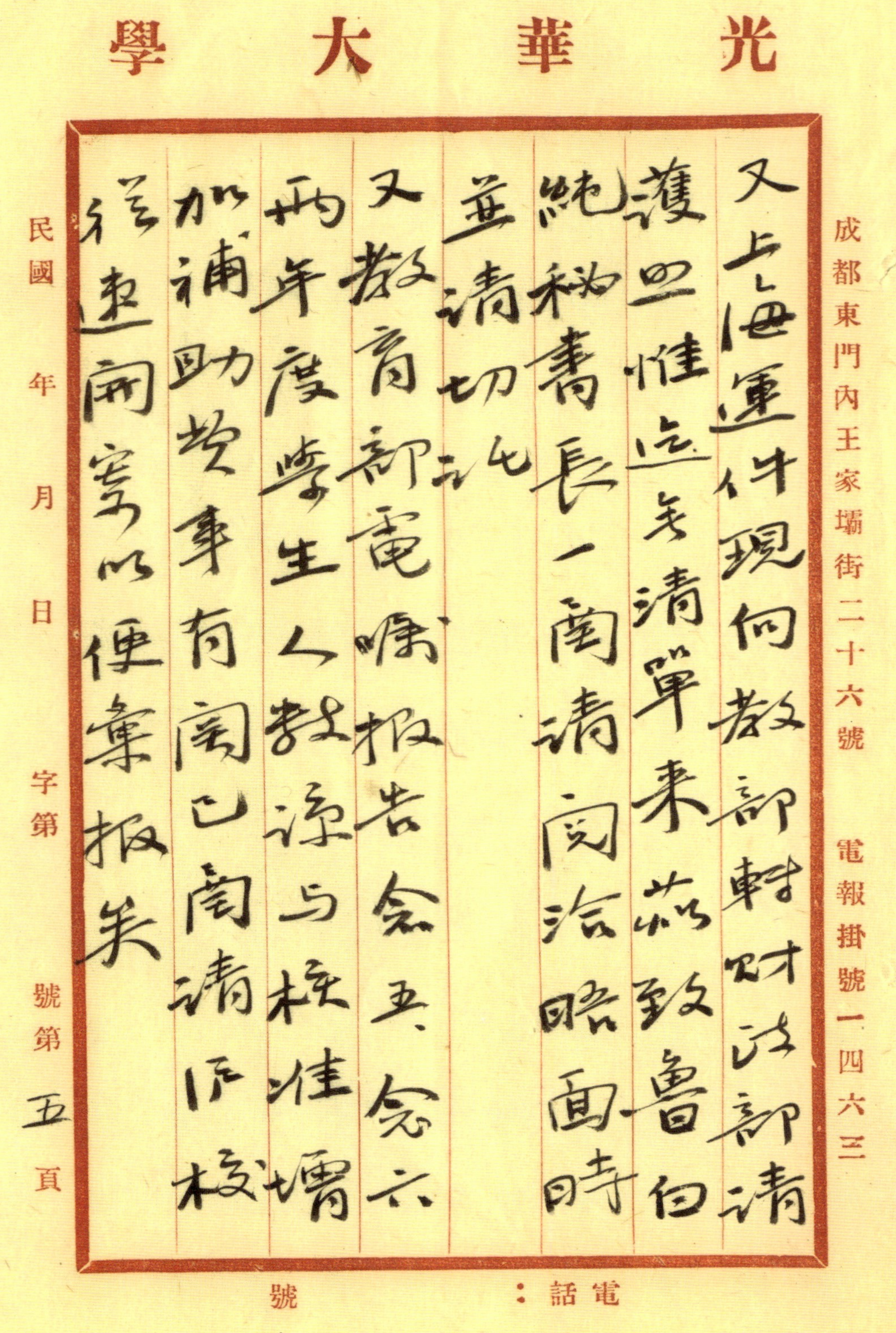
光華大學

成都東門內王家壩街二十六號　電報掛號一四六三

又上海運件現向教部財政部請
護照，惟迄未清單來蓉，致魯白
純秘書長一函，請閱洽，晤面時
並請切託。
又教育部電催報告念五、念六
兩年度學生人數，源與校准增
加補助費事有關，已函請仍校
從速開寄，以便彙報矣。

民國　年　月　日　字第　號第五頁

電話：　號

光華大學

成都東門內王家壩街二十六號　電報掛號一四六三

又楊孝慈兄封来沪電一件兹抄奉
乞詧及
新校工程尚未包定因宥行借款尚
無消息之故至風水問題李鐵樵
兄親去看過指定大门須向东南
（即不能正向馬路須向东南角）必定
財丁兩旺財係捐款丁為學生
皆係根本關係自應照其主張

電話：　　號

民國　年　月　日　字第　號第六頁

光華大學

成都東門內王家壩街二十六號　電報掛號一四六三

辦理，正與以丞之商改圖樣，以期不
露形迹，免被青年人笑為崇拜迷信。
又加聘鄧晋康、王治易、潘仲三、
劉自乾四公為校董事，鄧、王已
允，潘、劉由甘典夔擔任接洽。霖
意聘書係
以回答面送，方有效力。惟此事
向無根據，擬請

民國　年　月　日　字第　號第七頁

號　電話：

光華大學

成都東門內王家壩街二十六號　電報掛號一四六三

給霖一字俾據以辦聘書爲何
尚乞裁示
順頌
近綏

樹霖謹肅　七月十四

民國　年　月　日　字第　號第八頁

電話：　號

詠老赐鉴：

连日阴雨，河水骤涨，中央行车，孝慈兄满欲开峨迎接，无奈一则新津渡难过，二则车夫告退，一时觅不到替人，故于昨日电请回嘉设法。今接电，知决赴渝一行，然后由渝回省，亦是办法。当又分电嘉定及星联兄弟，不知嘉定何日有船下驶，并已嘱嘉定秦孝夏君届时电告矣。至各方寄来信件，拟俟得嘉定电后再由航邮寄渝，以免遗误。我公中央行之行李已搬至敝寓，茶役及汽车夫俱已代为给赏，将来大驾回省，可迳住人敝寓矣。

再接汉口浦心雅兄（汉交行经理）告知四行合捐光华三万，徐可亭兄自捐五千，因时局不定，嘱霖飞汉收款。霖觉此系笔江、可亭二公经手，笔兄现不在汉，去亦无益，且易生误会，已分致函抄稿附请台督。此项巨数与行前途关系至为重大，或请我公由渝交行密码发致笔兄一电，请其电嘱心雅兄就近代收何如？至捐款收据早已办就，寄交汉口交通银行矣。

又省银行借款事迄尚无消息，昨又函周宜甫先生请代催促，请公一访宜老何如？因有一部份捐款亦托宜老接洽也。宜老之孙，名庿同善，在本校会计系读书，明年毕业，成绩甚好，晤面时可请谈及。

又上海运件现向教部转财政部请护照，惟迄无清单来。兹致鲁白纯秘书长一函，请阅洽，晤面时并请切讬。

又教育部电嘱报告念五、念六两年度学生人数，系与核准增加补助费事有关，已函请沪校从速开寄以便汇报矣。

又杨孝慈兄转来沪电一件，兹抄奉，乞詧。

及新校工程，尚未包定，因省行借款尚无消息之故。至风水问题，李铁樵兄亲去看过，指定大门须向东南（即不能正向马路，须向东南角），必定财丁两旺。财系捐款，丁为学生，皆属根本关系，自应照其主张办理，正与允丞兄商改图样，以期不露形迹，免被青年人笑为崇尚迷信。

又加聘邓晋康、王治易、潘仲三、刘自乾四公为校董事，邓王已允，潘刘由甘典兄担任接洽。霖意聘书俟公回蓉面送，方有效力。惟此事尚无根据，拟请给霖一字，俾据以办聘书，如何尚乞裁示。顺颂

近绥

谢霖　谨肃

七月十四

〇四九　张寿镛致叶百丰（一九三九年一月八日）

张寿镛（一八七六—一九四五），字詠霓，号伯颂，别号约园。浙江鄞县（今宁波鄞州区）人。晚清举人。教育家、藏书家、财政经济家。北洋政府时期历任浙江、湖北、江苏、山东等省财政厅长。南京国民政府财政部次长。一九二五年任沪海道尹。光华大学首任校长。

百豐賢弟如握：前接來書，適際歲暮，
尊寓一時忽卻致稽裁答，茲又得書，具
志績學，如弟維畢業之大學生，豈可
多得，兢兢向上，兄尚可成就，敢有所靳。
惟校章今年學績必須上達，非有中學文
憑不能入大學，非有四年積分即須受驗，作
轉入四年級，一體畢業，此層決辦不到，兄向來抱
不欺主義，況沅澂如弟，更應說老實話，茲為

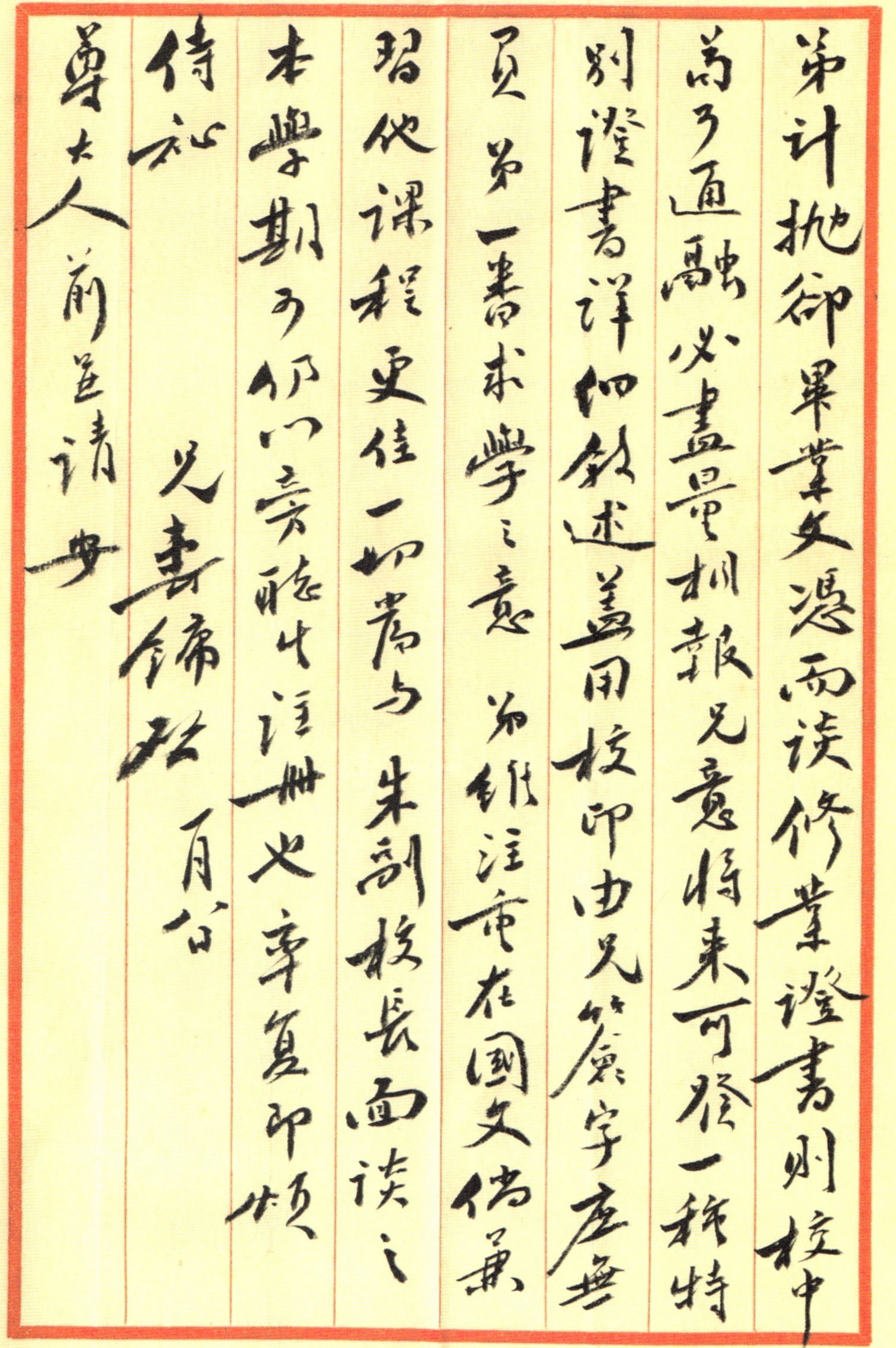

第计抛卻畢業文憑而讀修業證書則校中
尚可通融必盡量相報兄意將來可發一種特
別證書詳細敘述蓋用校印由兄簽字庶無
負弟一番求學之意　如能注重在國文備業
習他課程更佳一切當與　朱副校長面談之
本學期可仍以旁聽生註冊也幸覆即頌
侍祉　　　兄壽鏞拜　月　日
尊大人前並請安

百丰贤弟如握：

前接来书，适际岁暮，尊寓一时忘却，致稽裁畣〔答〕。兹又得书，具悉。绩学如弟，维毕业之大学生岂可多得？兢兢向上，兄苟可成就，敢有所靳？惟校章分年学绩必须上达，非有中学文凭，不能入大学，非有四年积分，即须受驳斥。转入四年级，一体毕业，此层决办不到。兄向来抱不欺主义，况沆瀣如弟，更应说老实话。兹为弟计，抛却毕业文凭而谈修业证书，则校中苟可通融，必尽量相报。兄意将来可发一种特别证书，详细叙述，盖用校印，由兄签字，庶无负弟一番求学之意。

弟维注重在国文，倘兼习他课程更佳，一切当与朱副校长面谈之。本学期可仍以旁听生注册也。率复，即颂

侍祉

兄 寿镛 启

一月八日

尊大人前并请安。

〇五〇　张耀翔致朱公谨（一九三九年一月二十三日）

张耀翔（一八九三—一九六四），湖北汉口人。心理学家、教育学家。我国现代心理学奠基人之一，一生致力于心理学教学与研究，推动心理学在中国的确立、发展与普及。先后在北京高等师范学校、中央大学、大夏大学、光华大学等高校任教。一九五一年后长期在华东师范大学任教。

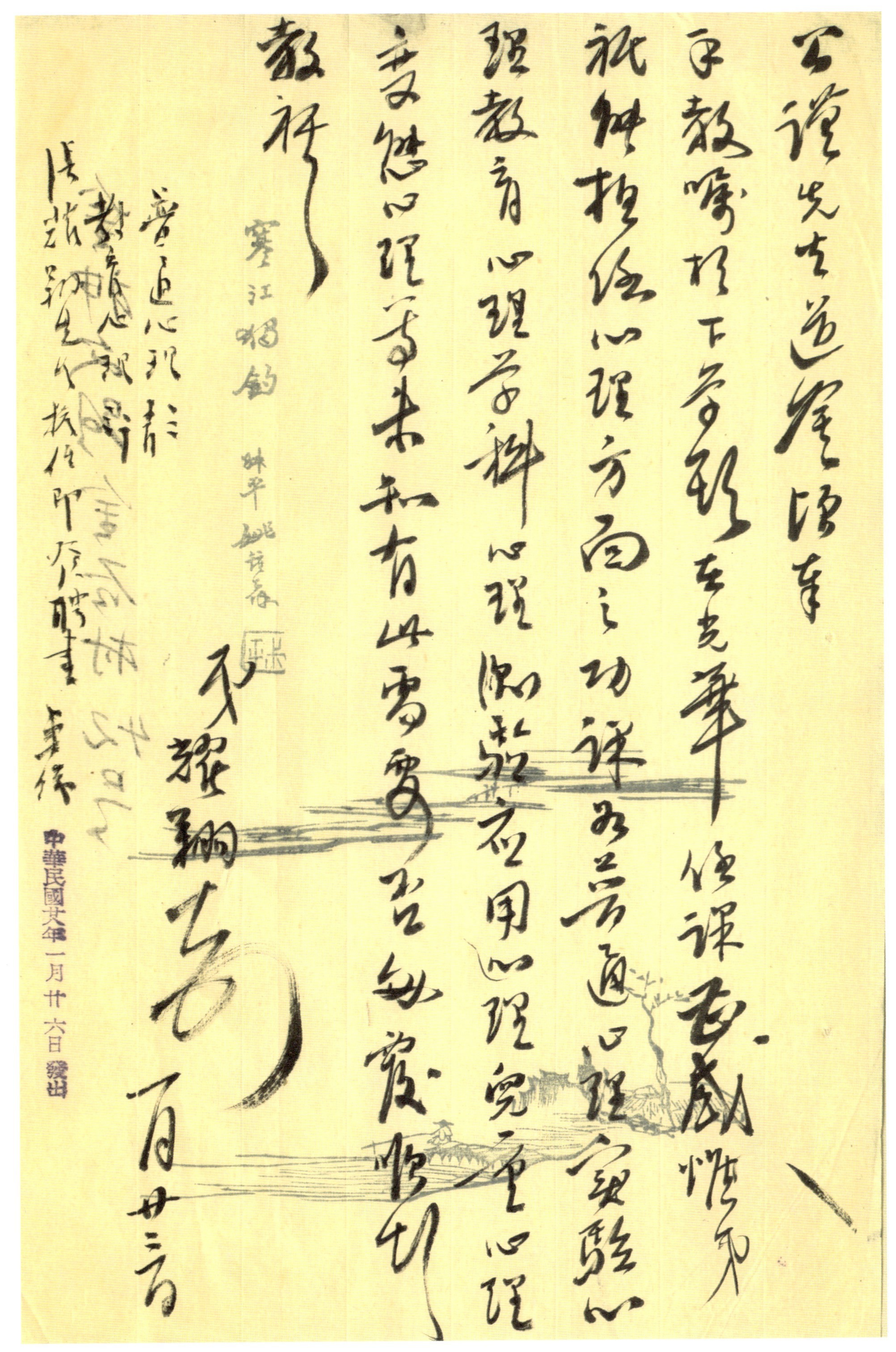
公谨先生道席：

手教嘱于下学期在光华任课，甚感。惟
祇能担任心理方面之功课，为普通心理、实验心
理、教育心理、学科心理、测验、应用心理、儿童心理、
变态心理等，未知有此需要否。匆复，顺颂
教祺

弟耀翔上 一月廿三

普通心理於
教育心理 请
张先生代授，即发聘书。
来信

中華民國廿六年一月廿六日發出

公谨先生道鉴：

顷奉手教，嘱于下学期在光华任课，甚感。惟弟祇能担任心理方面之功课，如普通心理、实验心理、教育心理学科、心理测验、应用心理、儿童心理、变态心理等，未知有此需要否，匆复。

顺颂

教祺

弟 耀翔 顿首

一月廿三日

普通心理课、教育心理课，张耀翔先生接任，即发聘书。

公谨

〇五一　张寿镛聘张青莲（一九三九年二月二日）

张寿镛（一八七六—一九四五），字詠霓，号伯颂，别号约园。浙江鄞县（今宁波鄞州区）人。晚清举人。教育家、藏书家、财政经济家。北洋政府时期历任浙江、湖北、江苏、山东等省财政厅长。一九二五年任沪海道尹。光华大学首任校长。南京国民政府财政部次长。

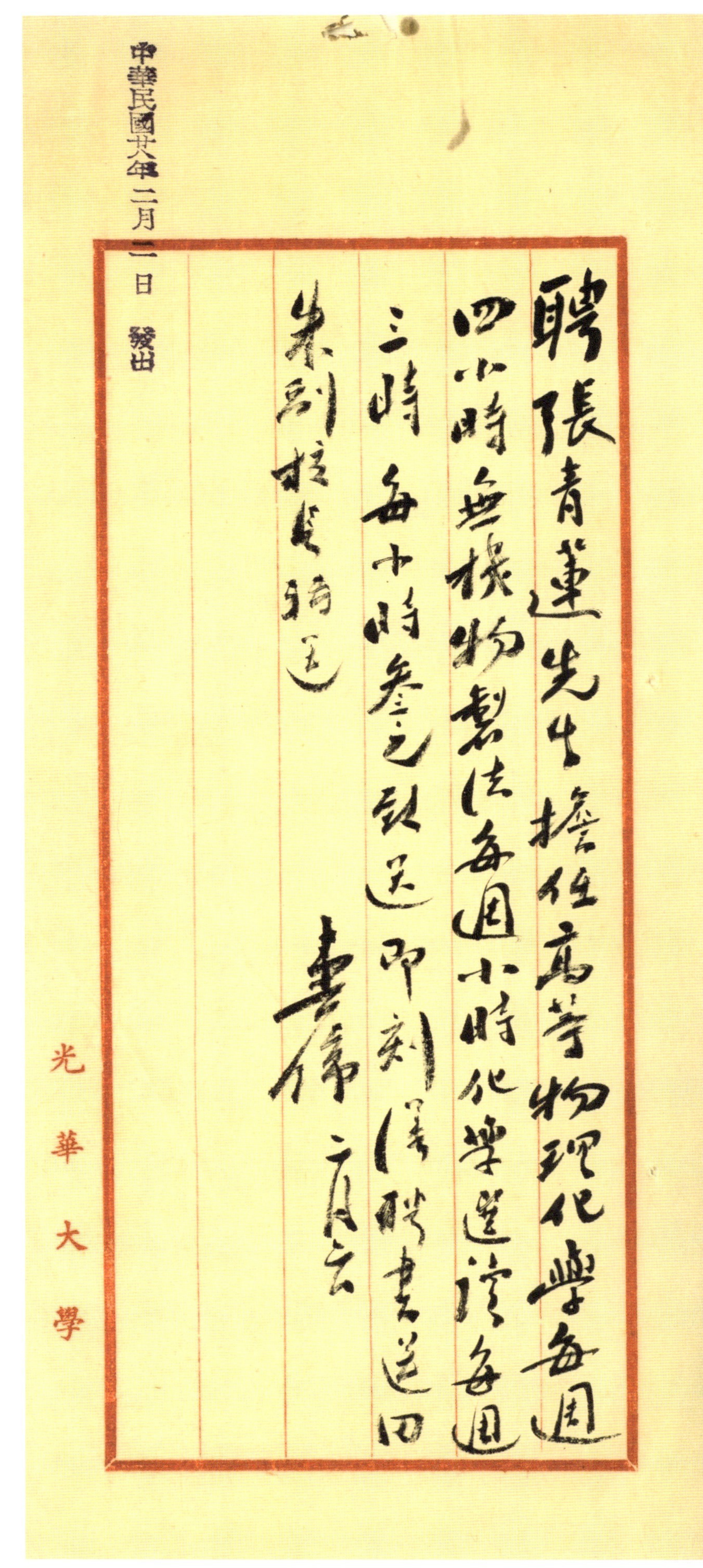

中華民國廿六年二月一日發出

聘張青蓮先生擔任高等物理化學每週四小時無機物製法每週小時化學選讀每週三時每小時叁元致送即刻繕聘書送回

壽偉 二月六

朱副校長轉呈

光華大學

聘张青莲先生担任高等物理化学，每周四小时；无机物制法，每周小时；化学选读，每周三时。每小时三元致送。即刻缮聘书送由朱副校长转送。

寿镛

二月二日

〇五二　薛迪靖致张寿镛（一九三九年七月五日）

薛迪靖（一八九八—？），字观澄。江苏武进人。会计学家、会计教育家。光华大学与光华大学成都分部创建者之一。一九二四年毕业于圣约翰大学。曾任光华大学会计学系教授、系主任及商学院院长，光华大学成都分部商学院院长、教务长、附属中学主任。

民國　年　月　日　字第　號第　頁

海寬校長暨教務長之琛兄候至深
馳仄歉仄
道履時常，闔潭綏吉為頌。客歲先華移
川，奉
命籌備滬中，當以中學行政素非專精，未
敢貿然承乏也。乃時急迫，不容固辭，勉為就道
鈞命。一切事務，謝副校長助理原擬一俟
籌備就緒，仍請另簡賢能以資接替

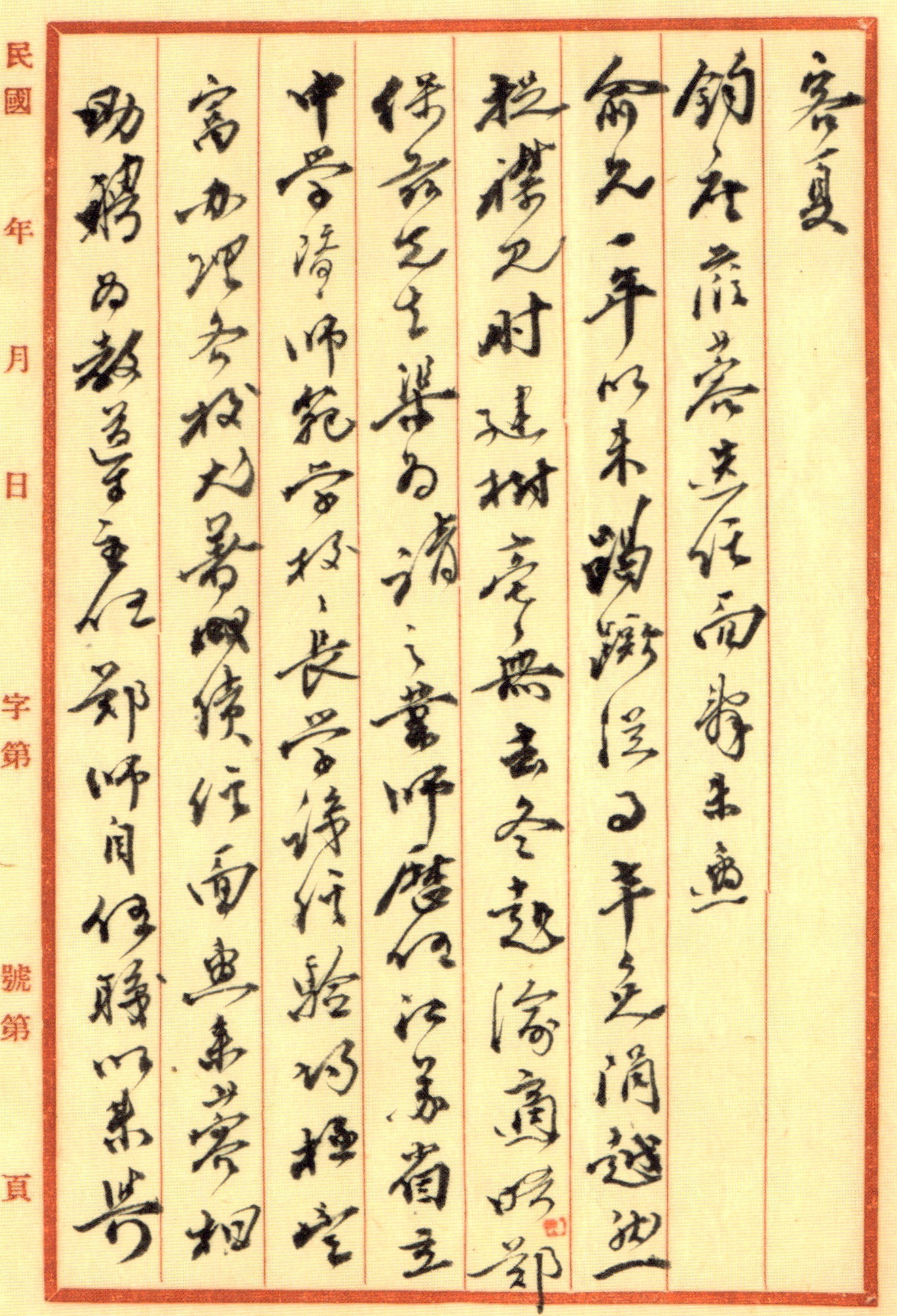
民國 年 月 日
字第 號第 頁

民國　年　月　日　字第　號第　頁

各方相安，甚为融洽，为人主校，学生所爱戴。本学期来经一番整顿，校誉日隆，深为本校得人庆。以之继任沪中主任，定能胜任愉快。且该对于教育非所专攻，勉强以赴，事倍功半，意经迭向谢副校长兼沪许吾任大学教授，所有中学方面事务由郁帅负责，亦理将来兼顾两校，沪中之相辞职，定可顾卜无亡为

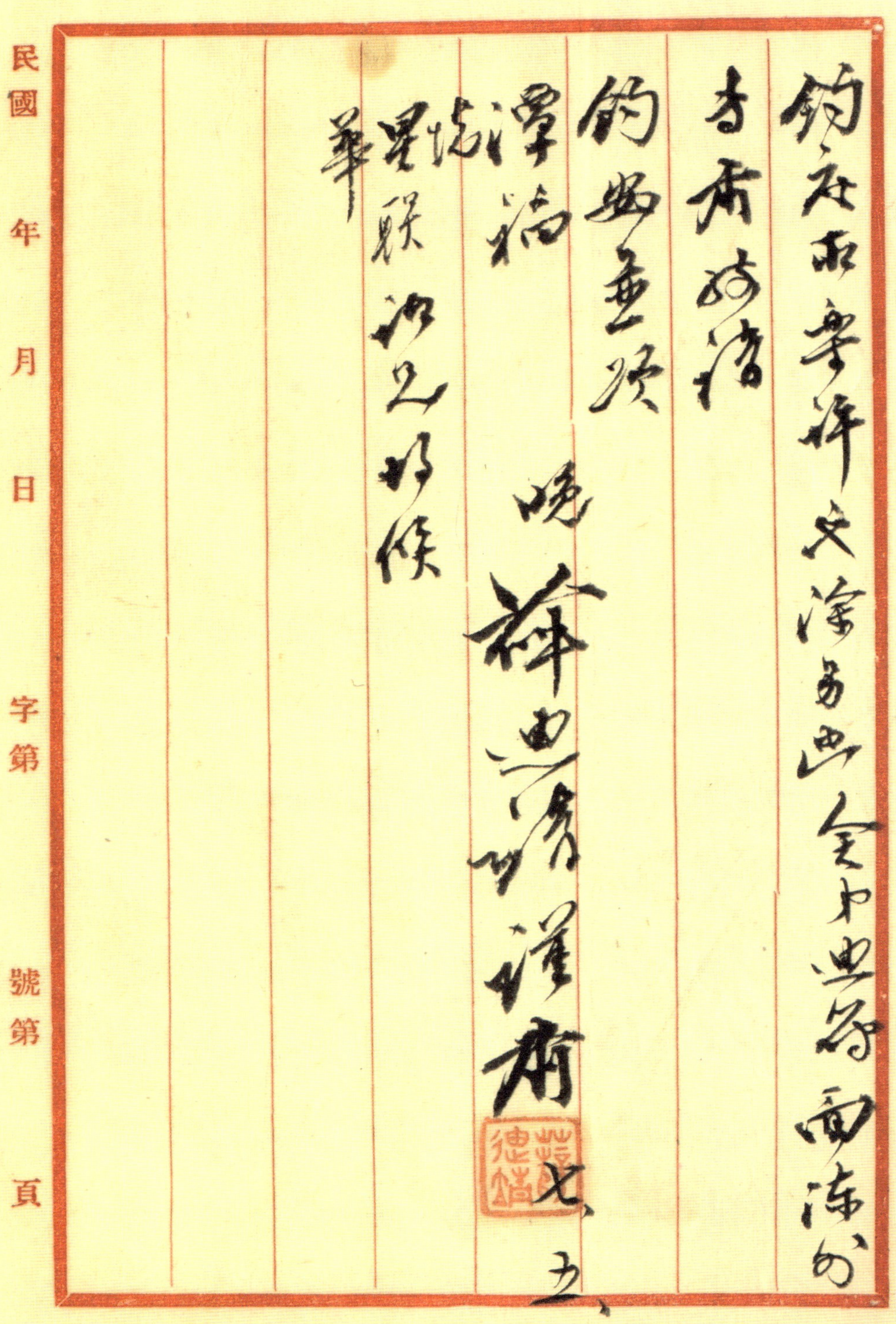

民國　年　月　日　字第　號第　頁

咏霓校长赐鉴：

敬肃者，久疏笺候，至深歉仄。恳惟道履胜常，阖潭绥吉为颂。客岁光华移川，奉命筹备附中。当以中学行政素求专一，靖未敢贸然承乏〔之〕。然为时急迫，不容固辞，祇得谨遵钧命。一切秉承谢副校长办理。原拟一俟筹备就绪，仍请另简贤能，以资接替。客夏钧座莅蓉，迭经面辞，未迩俞允。一年以来，竭蹶从事，幸免陨越。然捉襟见肘，建树毫无。

去冬赴渝，适晤郑保兹先生，渠为靖之业师。历任江苏省立中学暨师范学校校长，学识经验均极丰富，办理各校，尤著成绩。经面恳来蓉相助，聘为教导主任。郑师自任职以来，与各方相交甚为融洽，为全校学生所爱戴。本学期来，经一番整顿，校誉日隆，深为分校得人庆。以之继任附中主任，定能胜任愉快，且靖对于教育非所专攻，勉强以赴，事倍功半。

爰经迭向谢副校长恳辞，准许专任大学教授。所有中学事务，由郑师负责办理，将来蓉沪两校附中遥相辉映，定可预卜，想亦为钧座所乐许也。馀另函舍弟迪符面陈外，专肃，敬请钧安，并颂

潭福

晚　薛迪靖　谨肃

七，五

悦联、星联、华联诸兄均候。

〇五三　张歆海致校长室（一九四〇年六月二十八日）

张歆海（一九〇〇—一九七二），原名张鑫海，字叔明。浙江海盐人。学者、文学家、外交官。北京清华学堂毕业后赴美留学，先后获美国约翰·霍普金斯大学文学学士学位、哈佛大学英国文学博士学位。曾任光华大学副校长、代理总务长、文学院院长、英文系主任。

私立光華大學

第　頁

逕啓者本年暑期學校本校決仍開辦定七月四日開學八月十四日放假七月十日上課上課時間在每日上午茲特檢奉聘書一紙卽希

督照並請逕向課程組接洽排定上課時間爲荷此致

張歆海先生

校長室啓

[seal]

中華民國廿九年六月廿七日

正玖字第一九三三號

[illegible]

校長室

歆海謹覆　六月二八日

暑期学校继续开办，用意故善。惟海怕暑太甚，所有修辞学课程不克担任，殊以为歉，请转商周其勋先生，或钱学熙先生为感。

此致

校长室

歆海　谨启

六月廿八日

迳启者：

本年暑期学校，本校决仍开办。定七月四日开学，八月十四日放假。七月十日上课，上课时间在每日上午。兹特检奉聘书一纸，即希詧照，并请迳向课程组接洽，排定上课时间为荷。

此致

张歆海先生

校长室

启

〇五四　蒋维乔致张寿镛（一九四〇年七月十一日）

蒋维乔（一八七三—一九五八），字竹庄，别号因是子。江苏武进人。哲学家、出版家、教育家。一九一二年参与起草《普通教育暂行办法通令》，后应蔡元培之邀任北京政府教育部秘书长、参事。一九二一年任江苏省教育厅厅长。一九二四年任东南大学校长。一九二九年出任光华大学哲学系教授。历任光华大学国文系主任、文学院院长等职。

詠霓校長鑒：啟者，本學期傅君統先已
為約翰大學專任教員，例不得在外兼課，
本校哲學概論及論理兩學程須另聘人。茲
有吳致覺碩士（美國大學畢業），長於此門，且
擅長西洋文學史，現任大同大學教授，今為
介紹，請 留意延攬為荷。此頌
暑安

弟 維喬 手上
七月十二

詠霓校长鉴：

启者，闻本学期傅君统先已为约翰大学专任教员，例不得在外兼课，本校《哲学概论》及《论理》两学程须另聘人。兹有吴致觉硕士（美国大学毕业），长于此门，且擅长西洋文学史，现任大同大学教授，今为介绍，请留意延揽为荷。顺颂

暑安

弟　维乔　顿首

七月十一日

〇五五　吕思勉致张寿镛、朱公谨、张歆海（一九四一年六月四日）

吕思勉（一八八四—一九五七），字诚之。江苏武进人。民国时期『史学四大家』之一。先后在苏州东吴大学、常州府中学堂、南通国文专修科、上海沪江大学等任教。曾在上海中华书局、上海商务印书馆任编辑。一九二六年起，任上海光华大学国文系、历史系教授兼系主任。一九五一年院系合并后入华东师范大学历史系。一九五六年被评为一级教授。

公謹
詠霓
歆海先生大鑒：敬啟者，近奉秘書處通知，以本校各院系共同必
修及單獨必修各科目業經訂定，屬將史學系選修科目開列，以
便付印等因。查上學期會議時，(一)因時間急促，(二)因當時欲將此
（此議排絕不可行，但不計超過某一限度）
系之必修科為彼系之選修科，而各系科目未經仔細斟酌，頗多
沿襲舊章（舊章屢經修改補苴），實際不免陵亂，以致所定科目未盡合理，論不健全。
粗看似與事實無關，然及其實行，必生窒礙，茲時議改，又費周章。
且即不論實行窒礙與否，章程印出，亦殊不雅觀也。回憶去年弟
嘗以教部既定有草案，不妨姑待，再加修正，以樹較永久之規模，

函告

詠公章蒙

采聽欽佩何如今者教部草案及審查意見均已鈔到前議似可

實行鄙意必修科目。當顧事實。選修科目。須合理論。甚望就各院

各系再行審慎修改一次上課為之不過一星期耳印刷可以趕

辦遲早必不爭此數日也光華議訂課程者屢始終未付真正定

將即以行百里者半九十之故。此次甚望勿蹈舊轍分史學系課

程。不徒選修科須補闕。必修科上學期末所定。亦恐不能用。今謹

此次所定與從前學部陸續一概決和兩下看過其大致相同並經
另紙草擬呈　尊處覆加修正矣
教選修科所列似多然開辦既屬隨便事實即無窒礙而尚有
擴充機緣方致亦可適用矣再其擬定課程無論思索如何精詳
總不外一無挂漏而偶有機緣於開辦之科目亦對不住因其
為定章所無而廢於知見今於講水利於極少而本校今有　　会
松岑先生其人然從前章程並無此科史一目即其一事也鄙意
此次暨定課程於此宜留一活筆將來如開章程所無之科目可
本以以選修可以此課其學分於開設之時即宜議定知照學程

成績之尊則不至如鄉者所設科某系可算學分與否注冊

處無所據依問諸教師教師又難決對矣山意或亦特列一條

以資遵守是否可行希望

裁奪專肅敬頌

大安　諸惟

照鑒不既

弟呂思勉　六月四日

詠霓、公谨、歆海先生大鉴：

敬启者，近奉秘书处通知，以本校各院系共同必修及单独必修各科目业经订定，嘱将史学系选修科目开列以便付印等因，查上学期会议时，（一）因时间匆促，（二）因当时欲将此系之必修科为彼系之选修科（此议非绝不可行，但不能超过某一限度），而各系科目未经仔细斟酌，类多沿袭旧章。旧章屡经修改补苴，实际不免陵乱，以致所定科目未尽合理，理论不健全。粗看似与事实无关，然及其实行必生窒碍。至时议改，又费周章，且即不论实行窒碍与否，章程印出亦殊不雅观也。回忆去年弟曾以教部既定有草案，不妨姑待再加修正，以树较永久之规模。面告咏公，幸蒙采听，钦佩何如。

今者，教部草案及审查意见，均已钞列前议，似可实行。鄙意必修科目当顾事实，选修科目须合理论，甚望就各院各系再行审慎修改一次。上紧为之，不过一星期耳。印刷可以赶办，迟早必不争此数日也。光华议订课程者屡，始终未能真正定好，即以行百里者半九十之故。此次甚望勿蹈旧辙，至史学系课程，不徒选修科须补开，必修科上学期末所定亦必不能用。今谨另纸草拟呈教（此次所定，与从前经陆坤一、耿淡如两君看过者大致相同，并经童丕绳君修正矣）。选修科所列似多，然开否既属随便。事实即无虞窒碍，而苟有扩充机缘，大致亦可适用矣。再者，拟定课程，无论思索如何精详，总不能一无卦〔挂〕漏，而偶有机缘，能开难开之科目，亦断不能因其为定章所无而废极。如见今能讲水利者极少，而本校今有金松岑先生其人。然从前章程并无水利史一目，即其一事也。

鄙意此次釐定课程，于此宜留一活笔。将来如开章程所无之科目，何系得以选修，可以承认其学分，于开设之时即宜议定。知照管理成绩之曹，则不至如乡〔向〕者，偶设新科，某系可算学分与否，注册处无所据依。问诸教师，教师又难决断矣。此意或亦特列一条，以资遵守，是否可以，亦望裁夺。专肃，敬颂

大安，诸惟

照鉴不既

弟　吕思勉　顿首

六月四日

〇五六　陈鹤琴致朱经农（一九四一年六月二十五日）

陈鹤琴（一八九二—一九八二），浙江上虞人。一九一四年清华大学毕业，同年考取公费留学美国，受到杜威、克伯屈实验主义和进步主义教育思想的影响。一九一九年获哥伦比亚大学师范学院教育学硕士学位。回国后历任南京高等师范学校教授、东南大学教授兼教务主任等职。

國立幼稚師範專科

經農校長吾兄惠鑒 琴此次赴捷出席聯教組
織兒童教育會議本擬親詣
崇階面請辭行惟以會期甚迫明晨急須首途
未克如願私衷歉悵尚祈
原諒
茲有懇者學生陳新希畢業于江西振德中
學（每學期品學成績均列甲等）現在新中國法商
學院法律系二年級下學期肄業平素勤恳好
學品行端正上兩學期均得該院獎學金因念
貴校辦理完善施教有方該生仰慕甚殷下學

校址：上海(23)迪化北路六六號　電話：二一三三二
電報掛號：上海五七八九六三

國立幼稚師範專科

期竟欽轉學
貴校用特函介敬祈
許列门牆久炙春風倘蒙
賜錄栽培無任同感耑此敬頌
教綏

弟 陳鶴琴
六月二十五日

校址：上海(23)迪化北路六六號　電話：二一三三二
電報掛號：上海五七八九六三

经农校长吾兄惠鉴：

琴此次赴捷出席联教组织儿童教育会议，本拟亲诣崇阶，面请辞行，惟以会期甚迫，明晨急须首途，未克如愿，私衷歉怅，尚祈原谅。

兹有恳者，学生陈新希，毕业于江西振德中学（每学期品学成绩均列甲等），现在新中国法商学院法律系二年级下学期肄业。平素勤恳好学，品行端正，上两学期均得该院奖学金。因念贵校办理完善，施教有方，该生仰慕甚殷。下学期意欲转学贵校，用特函介，敬祈许列门墙，久坐春风，倘蒙赐录栽培，无任同感。

专此，敬颂

教绥

弟 陈鹤琴

六月二十五日

〇五七　张寿镛聘唐庆增、吴崇毅任职经济研究组（一九四一年十月十五日）

张寿镛（一八七六—一九四五），字詠霓，号伯颂，别号约园。浙江鄞县（今宁波鄞州区）人。晚清举人。教育家、藏书家、财政经济家。北洋政府时期历任浙江、湖北、江苏、山东等省财政厅长。南京国民政府财政部次长。一九二五年任沪海道尹。光华大学首任校长。

一

並仿照國學及屬文學研究組設立經濟研究組，並聘唐慶增先生兼經濟研究組主任，吳學毅先生兼編纂，定十月二十六日為開始講演之日，所有規程即參酌兩屬文學組，其講演由主任主講外，並請本校或校外精研經濟者擔任，視定名稱，月分別指導之。即致函虞、吳二先生。

光華大學

[illegible] 十月十五

（一）（二）（三）

之案設俟編纂完後另送）津貼

關於經濟研究所之事已有定見先生計

而屏之研究所於社會經濟補充

經濟研究所擬於本學期下年講授

光華大學

兹仿照国学及西洋文学研究组，设立经济研究组，并聘唐庆增先生兼经济研究组主任，吴崇毅先生兼编纂。定十月二十六日为开始讲演之日，所有规程，即参酌西洋文学组。其讲演由主任主讲外，并请本校或校外精研经济者，按照规定，各种科目分别指导之。即致函唐、吴二先生。

寿镛

十月十五

（一）吴崇毅任编纂，应否另送津贴。

（二）关于经济研究组规程，已请唐先生就西洋文【学】研究组规程修改补充。

（三）经济研究组，拟请于星期日下午讲演。

〇五八　朱公谨致张寿镛（一九四一年十二月三十日）

朱公谨（一九〇二—一九六一），字言钧，又字霭如。浙江余姚人。数学家、数学教育家。一九二七年获德国哥廷根大学博士学位。一九二八年领导创建交通大学数学系，出任首任系主任。曾任光华大学数理系主任、副校长、代校长等职。

詠霓校長鈞鑒：敬啟者，昨晨晉謁，獲聆
清誨，快慰奚如。返寓後接奉
賜書，猥以辦理本學期結束事宜
見委。此事美非言鈞才力所勝，至於副校長一職，
前已屢次請辭，且校董會開會時亦以與大學
規程不合，提議取銷矣。一切已於昨晨面陳，茲
因事到
手，敬再瀆陳，敬希

鑒察爲幸專肅奉復敬頌

道安

朱言鈞啓

廿年十二月廿日

詠霓校长钧鉴：

敬启者，昨晨晋谒，获聆清诲，快慰奚如。返寓后接奉赐书，猥以办理本学期结束事宜见委，此事万非言钧才力所胜。至于副校长一职，前已屡次请辞，且校董会开会时亦以与大学规程不合提议取销矣。

一切已于昨晨面陈，兹因奉到手教，敢再渎陈，敬希鉴察为幸。

专肃奉复，敬颂

道安

朱言钧　启

卅年十二月卅日

〇五九　储元西致张寿镛（一九四一年十二月三十日）

储元西，社会学家。储安平堂侄。曾任光华大学生活指导组主任、训导长等职。

詠公校長大人閣下：職年來因氣體衰弱，不耐繁劇，訓導處生活指導組主任一職，勉力撐持，時虞隕越。茲特呈請鈞長准其辭去本兼各職，俾得潔身引退，以避賢路，實為德便。專此敬請

鐸安

職 儲元西拜上

十二月三十日

詠公校长大人阁下：

职年来因气体转弱，不耐繁剧。训导处生活指导组主任一职，勉力持撑，时虞陨越。兹特呈请钧长准其辞去本兼各职，洁身引退，以避贤路，实为德便。专此，敬请

铎安

职　储元西　拜上

十二月三十日

〇六〇 朱家骅致朱公谨（一九四五年九月二十二日）

朱家骅（一八九三—一九六三），字骝先、湘麟。浙江湖州人。教育家、科学家、政治家。一九二二年获德国柏林大学博士学位。曾任国立中央大学校长，国民政府教育部部长、交通部部长、浙江省政府主席，国民党中央执行委员会秘书长、中央组织部部长等职。一九四〇年当选中央研究院代理院长。一九四八年当选中央研究院院士。

公謹學長兄大鑒：九月二日

大函敬悉。張校長詠霓先生盡瘁校務，不幸病故，實深傷悼。校長一職應由校董會推選，報部核備，已令校董會遵照。至請撥校舍一節，擬暫從緩議。專復，敬請

台安

弟朱家驊 九月二十二日

教育部部長室用箋

公谨学长兄大鉴：

九月二日大函敬悉。张校长詠霓先生尽瘁校务，不幸病故，实深伤悼。校长一职，应由校董会推选，报部核备，已令校董会遵办。至请拨校舍一节，拟暂从缓议。专复，敬请

台安

弟 朱家骅 顿首

九月二十二日

〇六一　朱家骅致校董会（一九四五年十月二十五日）

朱家骅（一八九三—一九六三），字骝先、湘麟。浙江湖州人。教育家、科学家、政治家。一九二二年获德国柏林大学博士学位。曾任国立中央大学校长，国民政府教育部部长、交通部部长、浙江省政府主席，国民党中央执行委员会秘书长、中央组织部部长等职。一九四〇年当选中央研究院代理院长。一九四八年当选中央研究院院士。

敬复者：本月十一日
台函备悉。关于光华大学名誉
校董一席，家骅因有现任职务关
系，未能兼顾，用特函复，尚希
亮照是幸。此致
私立光华大学校董会
朱家骅敬启　十月廿五日

敬启者：

本月十一日台函备悉。关于光华大学名誉校董一席，家骅因有现任职务关系，未能兼顾。用特函复，尚希亮照是幸。此致

私立光华大学校董会

朱家骅　敬启

十月廿五日

〇六二 张华联致朱公谨（一九四六年一月十日）

张华联（一九一二—二〇〇八），浙江鄞县（今宁波鄞州区）人。光华大学校长张寿镛三子。一九三二年毕业于光华大学数学系。曾任中央造币厂课长。抗战后迁重庆，任四川畜产公司副总经理。光华大学第七届（一九五一—一九五二）校董。一九八五年光华大学校友会在华东师范大学成立，任校友会顾问。

公讓吾兄大鑒：迭奉 大示，迄未作覆，為罪。囑辦各事奉告如下：

(一)囑詢教育部補助費事，前係將 徐農先生來示附奉，諒荷 台洽。

(二)全体職員請求救濟事，已面陳 翁董事長。

(三)向教育部申請補助事之奉情 翁董事長日內當將呈文送部

(四)囑填校董一覽表填就後當即奉上

亦有應奉達者

(一)成都分部前為請求改為國立釀成學

潮而羅課副教部派大員前往處理之將

現有光華在蓉肆業學生作為在成華備

讀已由兩校會呈教部此後畢業証書由光

華發給一点如何辦理奉

董事長囑轉知行校此事　經農先生

綏農先生惜本月二十日石不來滬併聞

華又及

到校時希請示办理　詳見呈部文附本

（二）再現在蓉校學生有一部份轉入滬校該

批學生之審查問題請注意

（三）蓉校畢業証書向由　張校長署名此本

期畢業者（一月份）應如何辦理亦希以

綏農先生解决

（四）教部以後指令已呈部逕寄滬校

專此　即請

年釐

弟　張壽鏞頓首　卅五、元、十

公谨吾兄大鉴：

迭奉大示，迄未作覆为罪。嘱办各事奉告如下：

（一）嘱询教育部补助费事，前经将经农先生来示附奉，谅荷台洽。

（二）全体职员请求救济事，已面陈翁董事长。

（三）向教育部申请补助事已奉准翁董事长，日内当将呈文送部。

（四）嘱填校董一览表，填就后当即奉上。

兹有应奉达者：

（一）成都分部前为请求改为国立，酿成学潮而罢课。嗣教部派大员前往处理，允将现有光华在蓉肄业学生，作为在成华借读，已由两校会呈教部。此后毕业证书由光华发给一点，如何办理？奉董事长嘱转知沪校此事，经农先生到校时，希请示办理。（经农先生准本月二十日左右来沪，并闻。华　又及详见呈部文附本）

（二）再，现在蓉校学生有一部份拟转入沪校，该批学生之审查问题请注意。

（三）蓉校毕业证书向由张校长署名，惟本期毕业者（一月份）应如何办理？亦希与经农先生解决。

（四）教部以后指令，已呈部迳寄沪校。

专此，即请

年釐

弟　张（制）华联　顿首

卅五，元，十

〇六三　杜月笙致朱经农（一九四六年二月二十五日）

杜月笙（一八八八—一九五一），原名杜月生，后改名镛，号月笙。江苏川沙（今上海浦东）人。近代上海青帮主要头领之一，与黄金荣、张啸林组织中华共进会。曾任公董局华董，创办中汇银行，涉足上海金融业。二十世纪三四十年代，任大夏大学、光华大学校董。

什件

經農先生大鑒：辰奉

惠書，擬續租證券大樓第二廊間以

供光華教室之用，敬已洽悉，當為代

洽。惟查該所正在準備復業，恐須自

用，或未能仰副

台囑也。順頌

台祺

弟杜鏞敬啓 二月廿五日

经农先生大鉴：

展奉惠书，拟续租证券大楼穿廊间，以供光华教室之用。敬已洽悉，当为代洽。惟查该所正在准备竣业，恐须自用或未能仰副台嘱也。顺颂

台祺

弟 杜镛 敬启

二月廿五日

〇六四　林可胜致张星联（一九四六年四月二十八日）

林可胜（一八九七—一九六九），福建厦门人，生于新加坡。生理学家。一九二四年获英国爱丁堡大学博士学位，回国后任北京协和医学院生理学教授。二十世纪二十年代初，创办中国生理学社并任该社《中国生理学杂志》总编。历任中国医学会主席、红十字救济会主任。一九四九年后移居美国。

星聯校長吾兄勛鑒：以子兄致白
來踞尚勝對峙　貴校所需校舍時
在念中本月廿七晚與南通學院
長並與劉局長攻芸商談承派代表
前往虹口察勘結果獲得同意建議
將虹口東日本第一女子中學及女子商
業學校之校址即日軍第五病院之房
屋全部交由貴校使用一切請無問

上海宏大紙號監製

題，惟該處設任日軍傷患，約須至
五月或六月底方能掃數歸國，并以本年
告假於軍醫中心與貴校合作，項
甚望能予以下列三項之協助：
(一)使若干初中畢業生預備將來轉
入本中心之醫士職業學校或護士檢驗
環境衛生等學校升學
(二)使若干高中畢業生預備將來升

上海宏大紙號監製

乃本中心之醫科牙科學校升學其程
度與一般醫學院相等課程以教
育部標準而訂
（三）使貴校教學人員可以協助本中心各
種基礎科學之講授如數理生物語
言史地等科
本中心對於貴校所需之必要設備與校
力設法協助並對貴校教學人員以相

當之津貼。此外貴校爲中心教學所特
聘之班次，其經費亦酌情負担。同时
本中心並擬設若干奬學金名額，俾
中學肄業之學生有志升入本中心者
得以奬勵而資申請。弟約一星期左右
可由南京返滬，爲求迅速商定合作
細則，擬請　晉
兄届时遴派負責人員蒞臨江灣第一院

上海宏大紙號監製

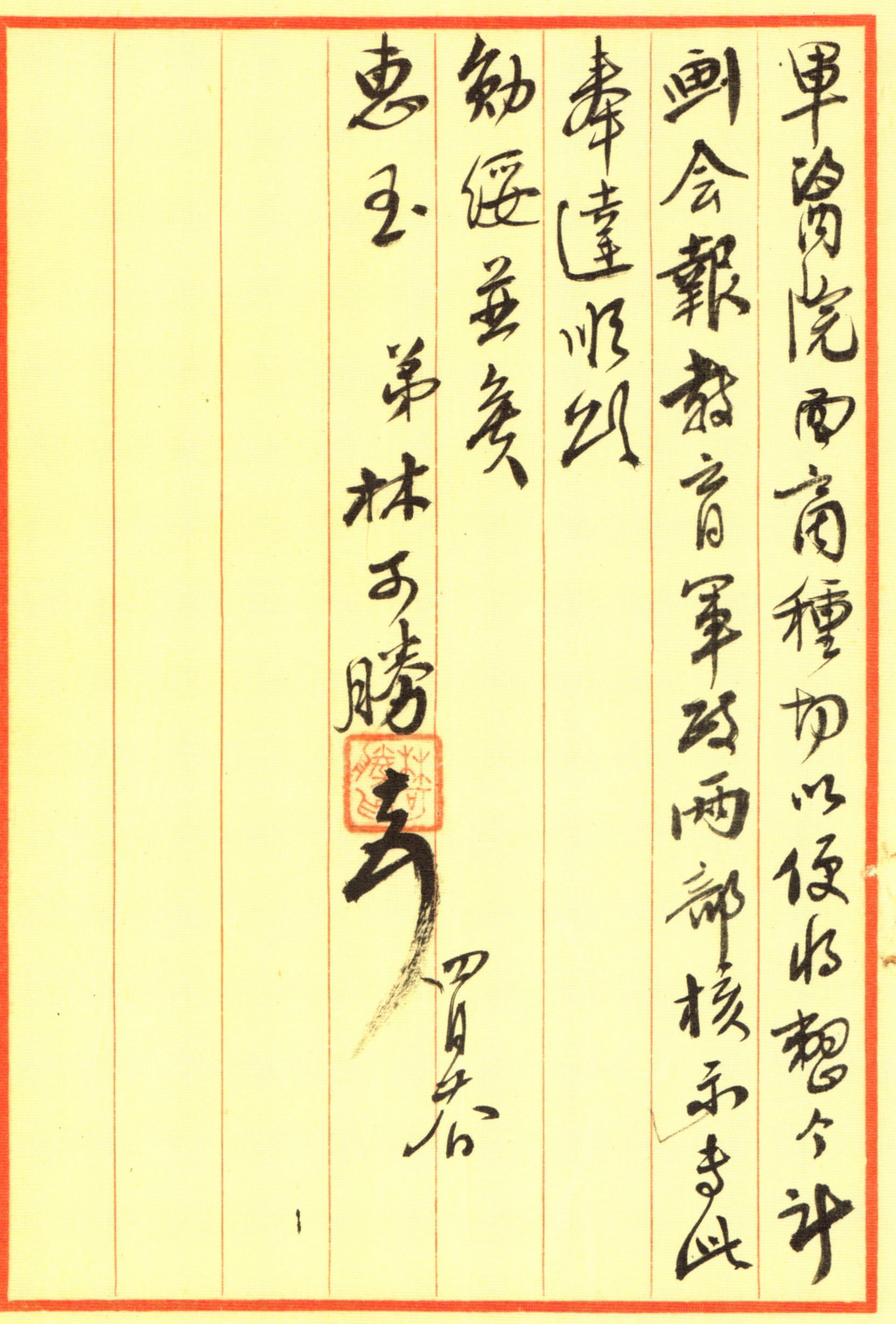

畢論院西南種切以便收穫今許
函会教育軍政兩部核示專此
奉達順頌
勛綏並候
惠示　弟林可勝
四月廿六

上海宏大紙號監製

星联校长吾兄勋鉴：

以事冗数日未晤，曷胜歉怅。贵校所需校舍时在念中，本月廿六、廿七两日，曾面谒宋院长，并与刘局长攻芸商谈。承派代表前往虹口察勘，结果获得同意。建议将虹口原日本第一女子中学及女子商业学校之校址，即日军第五病院之房屋，全部交由贵校使用。一切谅无问题，惟该处所住日军伤患，约须至五月或六月底，方能扫数归国，并以奉告。关于军医中心与贵校合作事项，甚望能予以下列三项之协助：

（一）使若干初中毕业生，预备将来转入本中心之医事职业学校为护士、检验、环境卫生等学校升学。

（二）使若干高中毕业生，预备将来转入本中心之医科牙科学校升学，其程度与一般医学院相等，课程亦按教育部标准而订。

（三）使贵校教学人员，可以协助本中心各种基础科学之讲授，如数理生物语言史地等科。

本中心对于贵校所需之必要设备，愿极力设法协助，并对贵校教学人员以相当之津贴。此外，贵校为中心教学所特开之班次，其经费亦愿酌情负担。同时，本中心并拟设若干奖学金名额，俾中学肄业之学生，有志升入本中心者，得以奖励而资申请。弟约一星期左右可由南京返沪，为求迅速商定合作细则，拟请吾兄届时遴派负责人员，莅临江湾第一陆军医院，面商种切，以便将整个计画会报教育军政两部核示。专此奉达，顺颂

勋绥，并候

惠至

弟　林可胜　顿首

四月廿八日

〇六五　朱经农致朱公谨、张星联（一九四六年六月十二日）

朱经农（一八八七—一九五一），原名有畇，后改经，字经农。江苏宝山（今上海宝山）人，生于浙江浦江。教育家、学者、诗人。光华大学创办人之一，光华大学第二任校长。曾担任北京大学、大夏大学、中央大学等校教授，中国公学、山东齐鲁大学校长等。曾执掌上海、湖南地方教育工作。

公铎、君祥两兄大鉴：连接两公本月十一日赐书，敬悉一是。兹分条答复如下：

（一）教育部已有公函致敝校商榷，向将欧阳路221号校舍拨交先华，222号校舍借与先华应用。闻福已于本月十日抄奉，计已收到。行政院方面，当托翁先生代洽。

（二）谢霖甫及先华两君教职员请求发给补助费，拟将校董会所拨二千七百万元之一部分救全（数目请与朴之兄面商定）。

治安一節字句未另華母字以付討。如仍有一節以補助校款，我無因結。如不
訂正云。核閱措詞，前閱建議，對三一節信校
（其他全數字系六元不等）
中秘書起草時之岁段，茲不複述。為求善後
一致，三個（任於）留檔案，備查起見，以後善後謝之事
以善校同人之薦，一律校中起草三層券，六等
不另作後，以免作賠。
（三）主宏真先生對於行校華會各件既成困
頭，祇好與立施面議辦法，由校另撥一筆補助
賣賠與戚華，分三個月交付。請即就近與宏真
先生接洽。數目以清與新之先生商定，得以不傷本校元氣為
原則，三個月以後光華將幫助戚華，與總之任

先行询问，以免嫌多嫌少。
（四）打针既有公开致歉，仍应当面说明，拟请两公即赴该处接洽，早日确定方针。房座一室，立即迁入，不可宕延，免生意外。

（五）募捐事希径速进行，因先笔意外支出太多。如补助成笔，前后签拉致，我只后只补助费等，与公教人员待遇，又须注意，先笔不能不随之以善待遇。如不速筹大量基金，势将无法支持也。匆复，即请

教安

弟 朱经农 敬上
七月十二日

教育部用笺
1946.6.20000.

公谨、星联两先生同鉴：

连接两公本月十一日赐书，敬悉一是。兹分条答复如下：

（一）教育部已有公函致敌伪产业处理局，将欧阳路221号校舍拨交光华，222号校舍借与光华应用。函稿已于本月十日抄寄，计已收到。行政院方面，当托翁先生代催。

（二）谢霖甫及光华留蓉教职员，请求复兴补助费。拟将援华会所拨二千七百万元之一部或全部汇去（数目请与新之先生商定。请照所寄来名单予以什计。如能留一部份，补助沪校教职员固佳，如不能则全数寄出，亦无不可）。后函措词、前函建议数点，可供校中秘书起草时之参考，兹不复述。为求答复一致，并便于保留档案备查起见，以后答复谢先生以蓉校同人之函，一律校中起草并缮发，弟等不另作复，以免分歧。

（三）王宏实先生对履行援华会条件既感困难，只好照在沪面议办法，由校另拨一笔补助费，赠与成华，分三个月交付。请即就近与宏实先生接洽。（数目亦请与新之先生商定，总以不伤本校元气为原则，并声明此系光华特别帮助成华，与复兴经费无关，以免嫌多嫌少。）

（四）教部既有公函致敌伪产业处理局，拟请两公即赴该处接洽，早日确定产权。房屋一空，立即迁入，不可迁延，免生意外。

（五）募捐事希从速进行。因光华意外支出太多（如补助成华，发给蓉校教职员复兴补助费，等等），而公教人员待遇又经改善，光华不能不随之改善待遇。如不速筹大量基金，势将无法支持也。匆复，即请

教安

弟　朱经农　匆上

六月十二日

〇六六　蒋经国致朱经农（一九四六年十一月五日）

蒋经国（一九一〇—一九八八），字建丰，谱名经国。浙江奉化人。蒋介石长子。一九四九年迁台湾，历任国民党台湾省党部主任委员，『国防部』副部长、部长，『行政院』院长，国民党中央委员会主席兼中央常务委员会主席。一九七八年、一九八四年，两度任台湾当局『总统』。

國防部預備幹部管訓處用箋

經農校長先生道鑒久欽
雅範承教無由引領雲天景
企奚似比維
道履綏和為頌無量全國青
年從軍於強敵深入之際授命
於國家危急之秋抱定犧牲決
心爭取最後勝利志雖未酬
然其報國忠忱誠足矜式故於

地址：珠江路馬標

國防部預備幹部管訓處用箋

退伍之後政府珍之惜之妥為
安置務期所学有成蔚為國
用茲有学生謝廷英等經奉
教部核准分發
貴校肄業諒生應以尊師重
道恪守校規為向學準繩迭
經本處告誡囑咐刻腑銘心
務祈

地址：珠江路馬標

國防部預備幹部管訓處用箋

惠予訓導，嚴加管束，使能在
先生教育之下，仰沾化雨，時坐春
風，養成優秀青年，蔚為建
國幹部，幸甚幸甚！耑此奉
達，敬候
道安

蔣經國 拜啟 十一月五日

地址：珠江路馬標

经农校长先生道鉴：

久钦雅范，承教无由引领，云天景企奚似，比维道履绥和为颂无量。全国青年从军于强敌深入之际，授命于国家危急之秋，抱定牺牲决心，争取最后胜利。志虽未酬，然其报国忠忱，诚足矜式，故于退伍之后，政府珍之惜之，妥为安置。务期所学有成，蔚为国用。

兹有学生谢冠英等经奉教部核准，分发贵校，肄业诸生应以尊师重道、恪守校规为向学准绳。迭经本处诰诫嘱咐，刻腑铭心。务祈惠予训导，严加管束，使能在先生教育之下，仰沾化雨，时坐春风，养成优秀青年，蔚为建国干部，幸甚幸甚。耑此奉达，敬候

道安

蒋经国　拜启

十一月五日

〇六七　朱经农致张星联（一九四六年十一月）

朱经农（一八八七—一九五一），原名有畇，后改经，字经农。江苏宝山（今上海宝山）人，生于浙江浦江。教育家、学者、诗人。光华大学创办人之一，光华大学第二任校长。曾担任北京大学、大夏大学、中央大学等校教授，中国公学、山东齐鲁大学校长等。曾执掌上海、湖南地方教育工作。

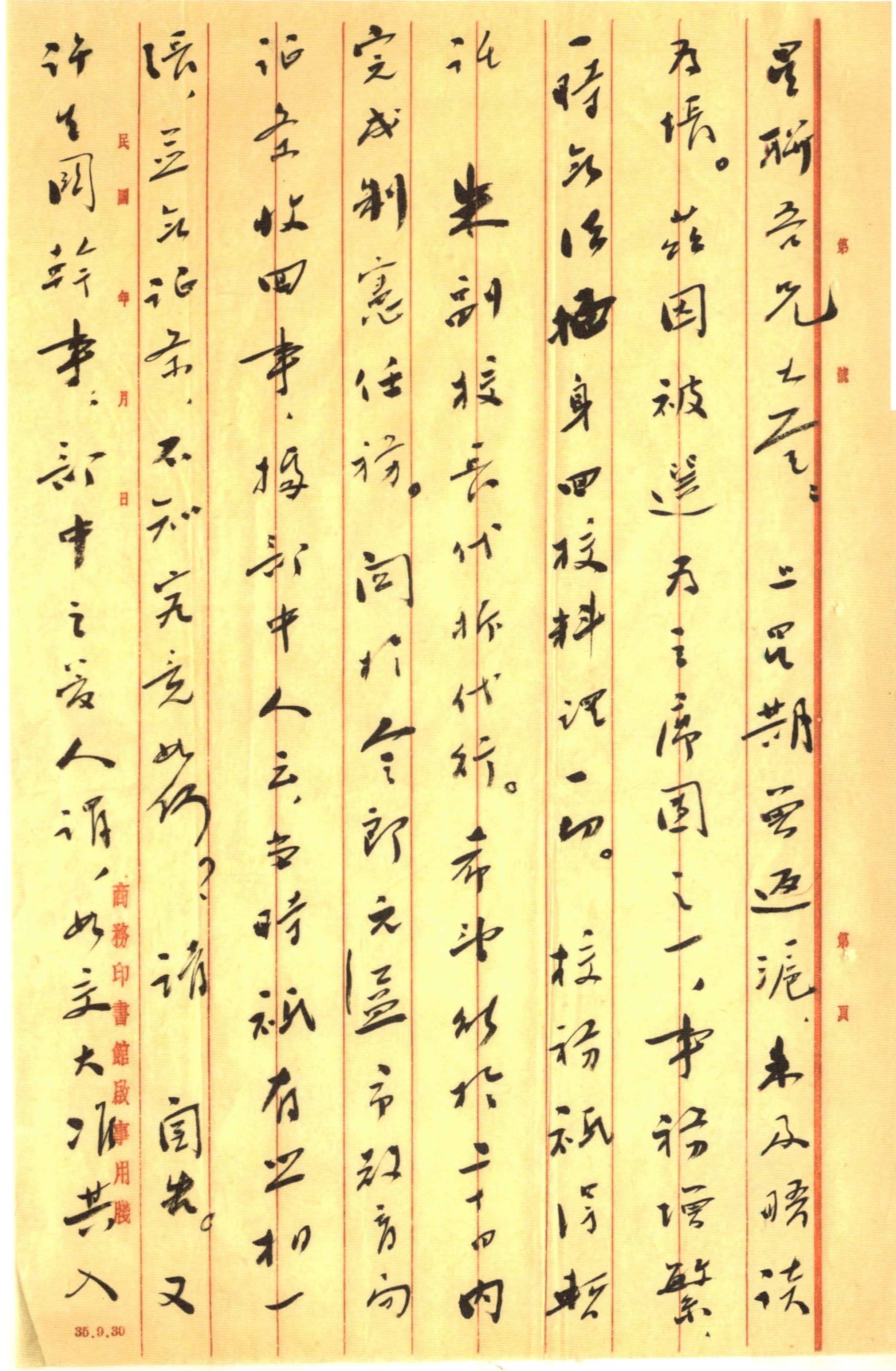

星联吾兄大鉴：二星期前返沪，未及晤谈

为怅。兹因被选为主席团之一，事务增繁，

一时无法抽身回校料理一切。校务祇得暂

托朱副校长代拆代行。希望于二十日内

完成制宪任务。闻行令郎无[illegible]，[illegible]

拟令收回事，据部中人云，当时祇有些相一

误，三五无谓余，不知究竟如何？请 卓裁。又

许先生同兹事，部中之发人谓，如交大准其入

商務印書館啟事用牋

民國　年　月　日

第　號　第　頁

35.9.30

土木系三年級，更新時可以核准，但不然也許

公答。弟近日頗忙，僅今晚當得閒暇，每之

奉此，陸華聰之。餘詳致祖培之子函，不贅。

此請

近安

弟 張元濟

華聯兄
芝聯夫人 均此奉候

民國　年　月　日

商務印書館啟事用箋

35.9.30

星联吾兄大鉴：

上星期曾返沪，未及晤谈为怅。兹因被选为主席团之一，事务增繁，一时无法抽身回校料理一切。校务只得暂托朱副校长代拆代行，希望能于二十日内完成制宪任务。关于令郎元益市教育局证条收回事，据部中人云，当时祇有照相一张，并无证条，不知究竟如何？请函告。又许生国干事，部中之管人谓，如交大准其入土木系三年级，呈部时可以核准，但不能由部分发。弟近日颇忙，仅今晚略得间暇，匆匆书此，潦草恕之。馀详致祖培兄等函，不赘。此请

近安

弟　经农　顿首

华联兄、芝联夫人，均此奉候。

〇六八　朱经农致张星联（一九四六年十二月十三日）

朱经农（一八八七—一九五一），原名有畇，后改经，字经农。江苏宝山（今上海宝山）人，生于浙江浦江。教育家、学者、诗人。光华大学创办人之一，光华大学第二任校长。曾担任北京大学、大夏大学、中央大学等校教授，中国公学、山东齐鲁大学校长等。曾执掌上海、湖南地方教育工作。

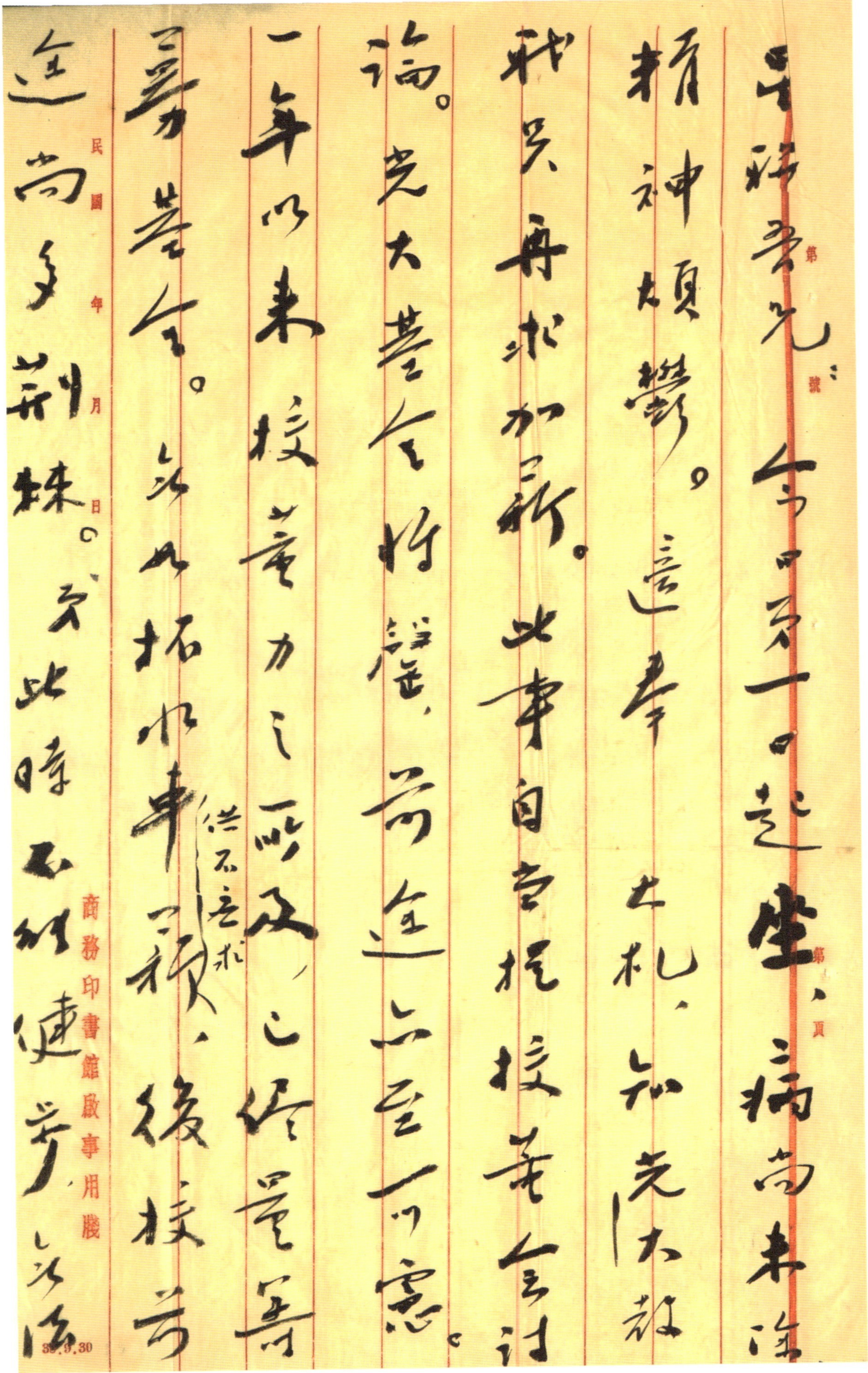
第 號
第 頁
民國 年 月 日
商務印書館啟事用牋
39.9.30

出门。翁董事长久未晤面，念将寿

闻转去。本校因待遇不如国立大学，

校专任教员等均已放弃。今再求加

薪，非另开财源不可。此间盛传光华

大西路地产让与国民党部租用，

（窃求迈矩，事恐不成。）

每月租金甚钜，社聘急要求加薪，

不知此北传说，有无关系？[illegible]

商務印書館啟事用牋　第　號　第　頁　民國　年　月　日　35.9.30

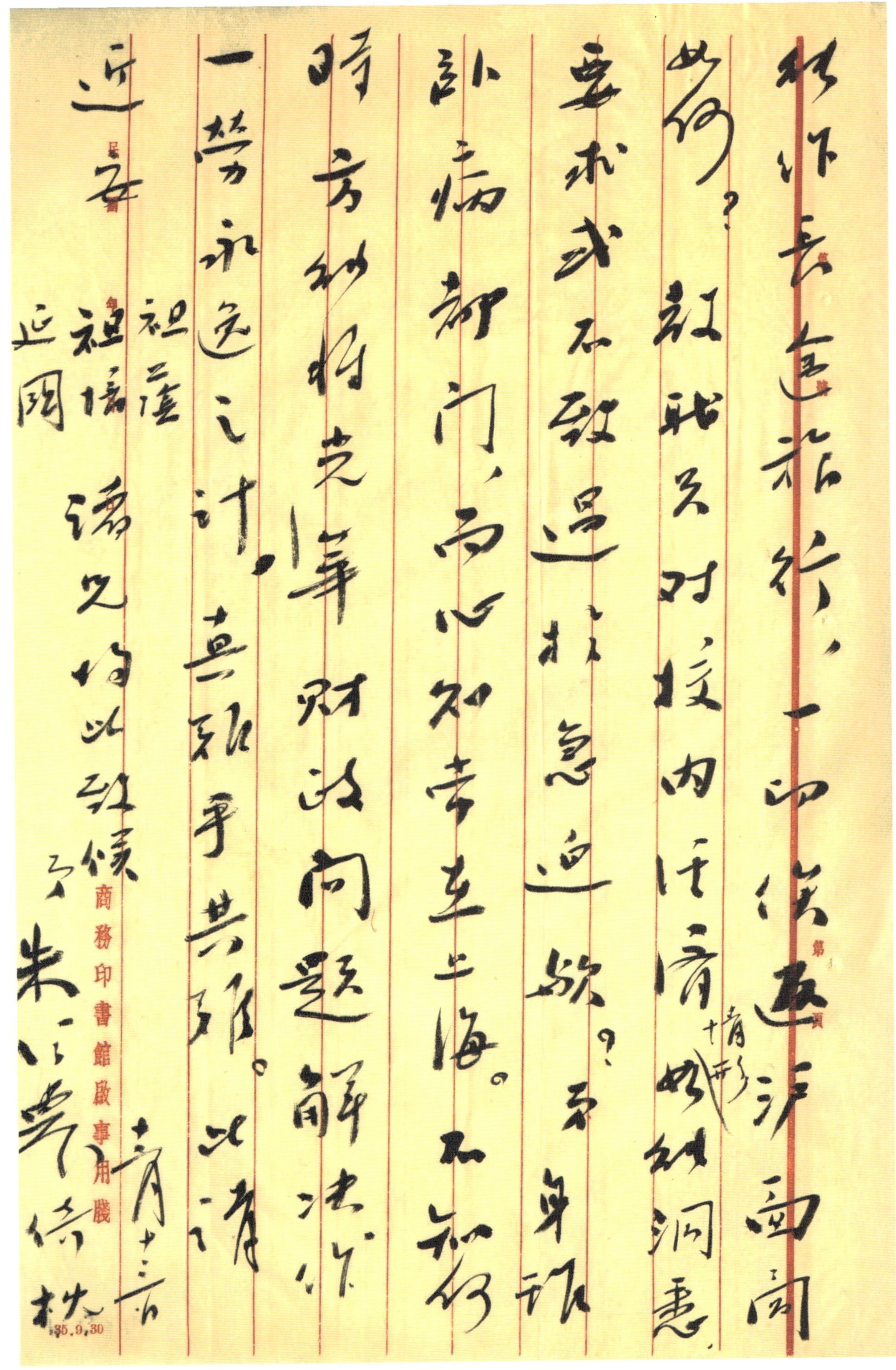
经农吾兄：返沪后一切俱好？返沪两周，如何？敝校职员对校内情形如能洞悉，要求或不致过于急迫。欲求身服，卧病都门，而心知其在上海，不知何时方能将光华财政问题解决，作一劳永逸之计，再听我共张。此请
近安
祖谨
祖培诸兄均以致候
近圆
弟朱经农拜
十月十三日
35.9.30
商務印書館啟事用箋

星联吾兄：

今日弟一日起坐，病尚未除，精神烦郁。适奉大札，知光大教职员再求加薪。此事自当提校董会讨论。光大基金将罄，前途亦至可虑。一年以来，校董力之所及，已尽量筹募基金。无如杯水车薪，供不应求，复校前途，尚多荆棘。

弟此时不能健步，无法出门，翁董事长久未晤面，当将尊函转去。本校因待遇不如国立大学，故专任条件等均已放松。今再求加薪，非另辟财源不可。此间盛传光华大西路地产，经美国无线电台租用，每月租金甚巨。要求过巨，事恐不成。教职员要求加薪，不知与此传说，有无关系？弟尚不能作长途旅行，一切俟返沪面商如何？教职员对校内经济情形如能洞悉，要求或不致过于急迫欤？弟身现卧病都门，而心则常在上海。不知何时方能将光华财政问题解决，作一劳永逸之计。真难乎其难。此请

近安

弟　朱经农　倚枕

十二月十三日

祖培、祖荫、延国诸兄，均此致候。

〇六九　杨宽致沈延国（一九四六年×月×日）

杨宽（一九一四—二〇〇五），字宽正。江苏青浦（今上海青浦）人。历史学家。一九三六年毕业于光华大学国文系。一九四八年任上海博物馆馆长兼光华大学历史系教授。一九六〇年任上海社科院历史所副所长。一九七〇年任复旦大学历史系教授。一九八四年赴美国迈阿密大学讲学并定居。

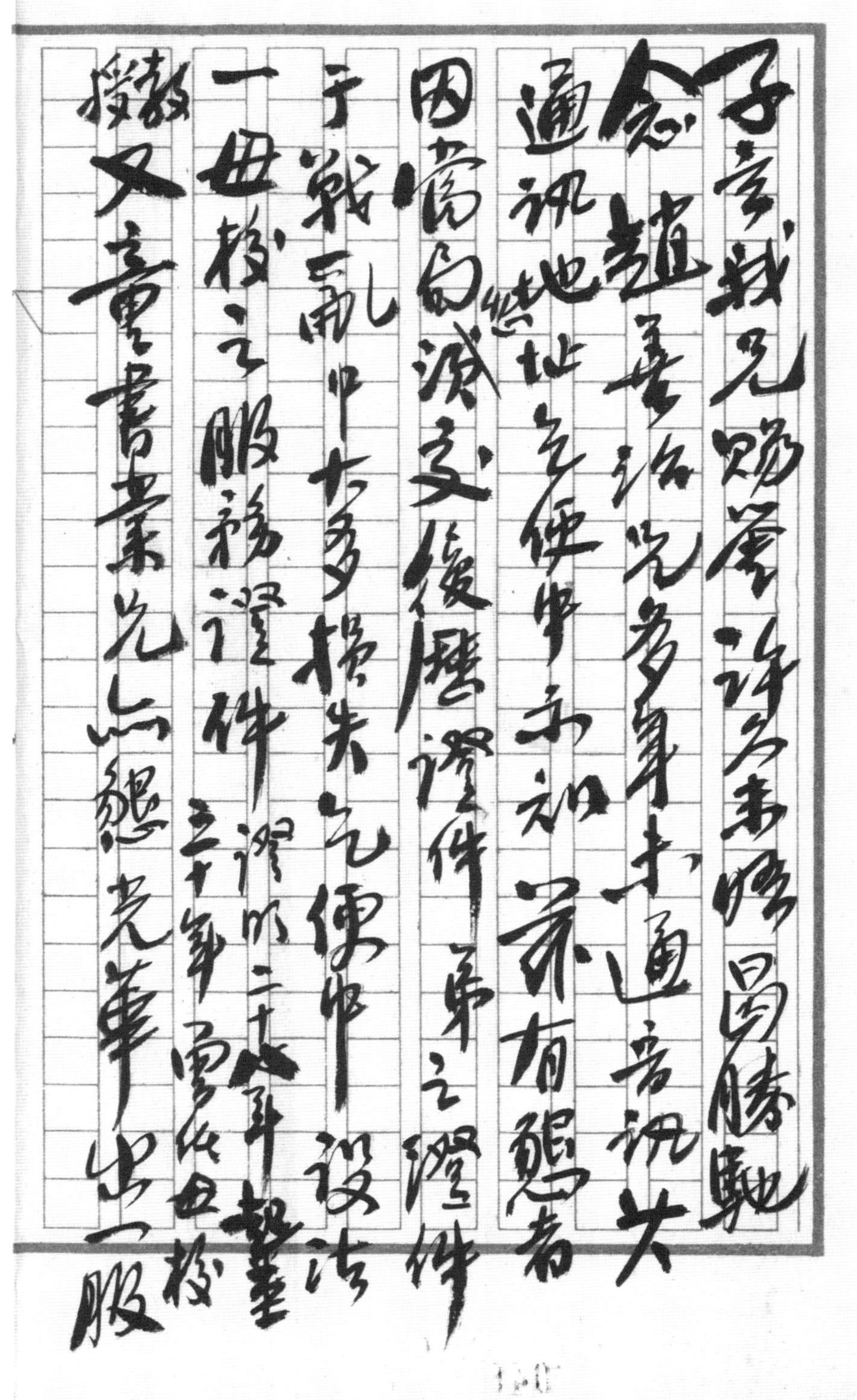

子言我兄賜鑒：許久未晤，曷勝馳
念。蘧善治先多年未通音訊，大
通訊地址乞便中示知。兼有懇者：
因當[illegible]淪陷後歷證件第之證件
于戰亂中大多損失，乞便中設法
一 母校之服務證件（證明二十[illegible]年至三十年曾任母校
教授）。又書業先[illegible]懇光華出一服

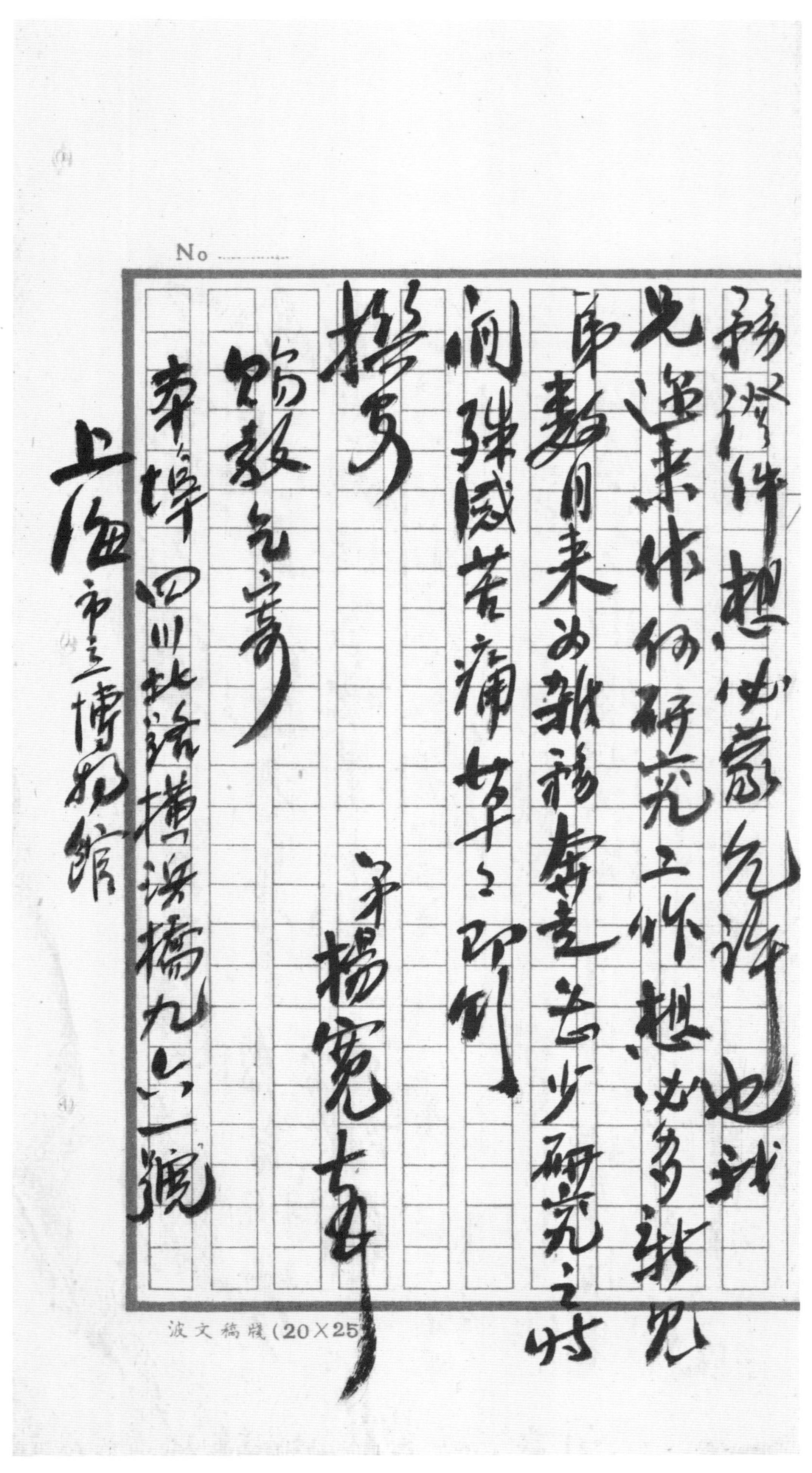

務從件想也蒙允許也我
兄逕來作何研究工作想必多新見
弟數月來為雜務奔走未少研究之時
間殊感苦痛草草即頌
撰安
弟 楊寬 十五日
賜教乞寄
弟寓四川北路横浜橋九六一號
上海市立博物館

No
波文稿箋（20×25）

子玄我兄赐鉴：

许久未晤，曷胜驰念。赵善诒兄多年未通音讯，其通讯地址乞便中示知。兹有恳者，因当局急须交履历证件，弟之证件于战乱中大多损失，乞便中设法。一、母校之服务证件，（证明二十八年起至三十年曾任母校教授）。又，童书业兄亦恳光华出一服务证件，想必蒙允许也。我兄迩来作何研究工作，想必多新见。弟数月来为杂务奔走，甚少研究之时间，殊感苦痛，草草，即颂

撰安。

弟　杨宽　顿首

赐教乞寄：本埠四川北路横浜桥九六一号，上海市立博物馆。

〇七〇 钱永铭、王培孙致朱经农（一九四六年×月×日）

钱永铭（一八八五—一九五八），字新之，晚号北监老人。浙江湖州人。企业家。历任交通银行上海分行经理、上海银行公会主席、南京国民政府财政部次长、浙江省财政厅厅长、中法工商银行中方董事长、交通银行董事长、中华职业教育社董事会主席等职。二十世纪二十年代起长期担任大夏大学校董。一九四九年后迁居台湾。

王培孙（一八七一—一九五二），又名植善。江苏嘉定县（今上海嘉定）人。教育家。一八九三年考中秀才。一八九七年，考入上海南洋公学师范班。一九〇〇年，接办育材书塾后将其改名为南洋中学，担任校长五十二年。

謹啟者本校開辦迄今瞬經五十寒暑學風崇尚樸實教訓素主嚴
格抗戰期間艱難奮鬭幸免隕越惟日暉橋校舍經茲烽火難免受損
勝利以還從事修葺及至去秋高中部業已遷返上課今後全部復
校尚非易易端賴社會賢達多予襄贊俾臻完善茲經校董會公推
先生為本校校董至希
俯允無任企感此請
經農先生台鑒

私立南洋中學校董會董事長錢永銘
校長王培孫

上海南洋中學

谨启者：

本校开办迄今，瞬经五十寒暑，学风崇尚朴实，教训素主严格。抗战期间，艰难奋斗，幸免陨越，惟日晖桥校舍经兹烽火，难免受损。胜利以还，从事修葺，及至去秋高中部业已迁返上课。今后全部复校尚非易易，端赖社会贤达，多予襄赞，俾臻完善。兹经校董会公推先生为本校校董，至希俯允，无任企感。此请

经农先生台鉴。

私立南洋中学校董会董事长　钱永铭

校长　王培孙

〇七一　杭立武致朱经农（一九四七年八月二十八日）

杭立武（一九〇三—一九九一），安徽滁州人，祖籍浙江杭州。先后获威斯康星大学硕士、伦敦大学博士学位。回国后任国民政府考试院编纂，兼任金陵大学研究所教授。一九三〇年任国立中央大学政治系教授、系主任。一九三二年参与创办中国政治学会。一九三三年发起成立中英文化协会，一九三七年发起成立南京安全区国际委员会。一九四四年任教育部常务次长，一九四六年任教育部政务次长，一九四七年兼任中国文教基金董事会董事。一九四九年任教育部部长，同年迁台湾。

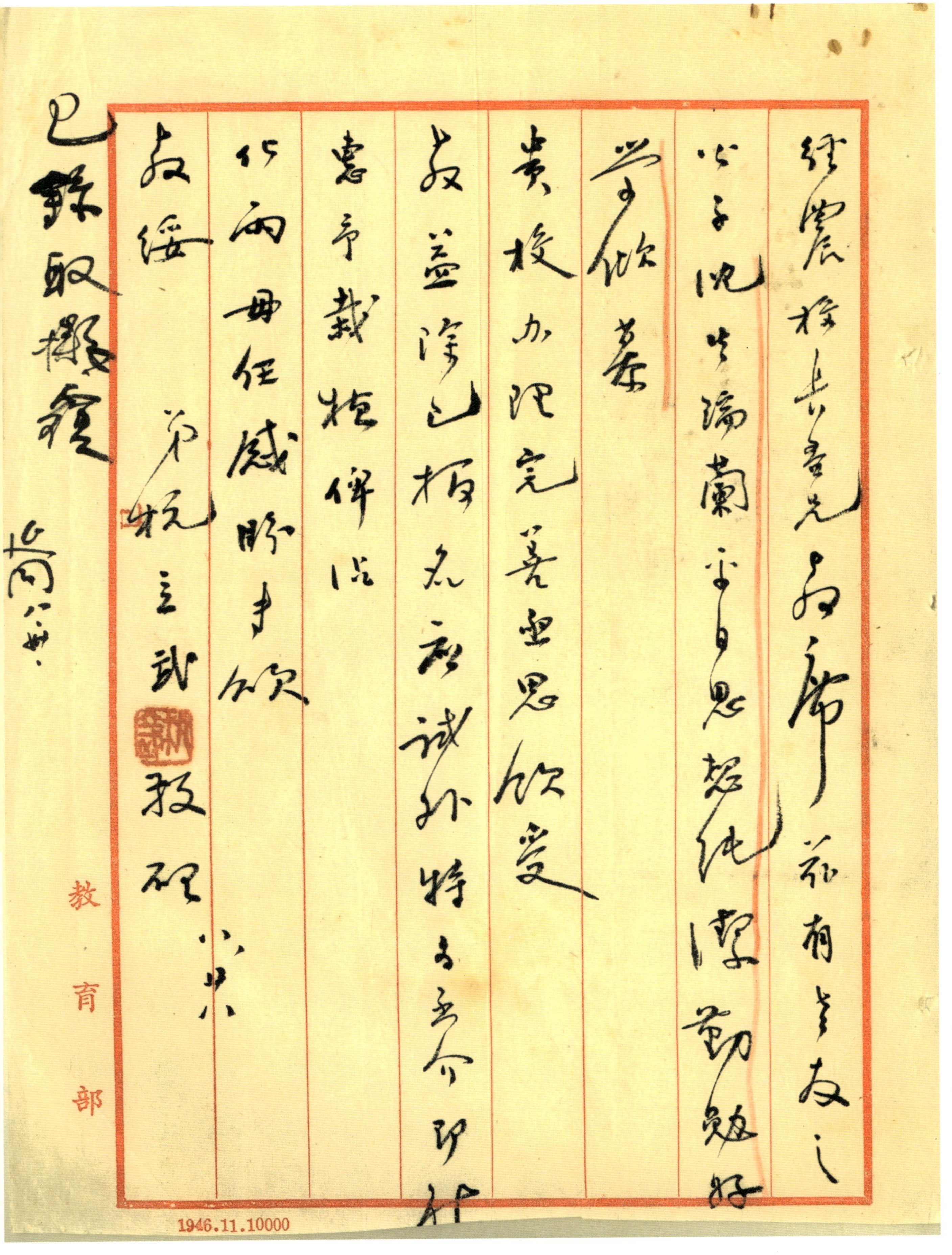

经农校长吾兄勋鉴：前有友之
子沈生瑞兰，才思超绝，学勤勉好
学，欲在
贵校加以完善，思欲受
教益，深以报名期试外，特为函介，即祈
惠予裁植，俾沾
化雨，毋任感盼。耑此，敬
颂
教绥
弟杭立武敬启 八、廿八

已录取 拟覆
尚 八、卅

教育部

1946.11.10000

经农校长吾兄教席：

兹有老友之公子沈生瑞兰，平日思想纯洁，勤勉好学，倾慕贵校办理完善，亟思饮受教益，除已报名应试外，特为函介，即祈惠予栽植，俾沾化雨，毋任感盼。专颂

教绥

弟 杭立武 敬启

八，廿八

已录取，拟复。

延国

八，卅

〇七二　廖世承致张星联（一九四七年九月六日）

廖世承（一八九二—一九七〇），字茂如。江苏嘉定（今上海嘉定）人。教育家、教育学家。一九一五年以庚款留学身份赴美国布朗大学修读教育学、心理学，获哲学博士学位。一九一九年回国后，历任南京高等师范学校教授兼附中主任，光华大学教授、教育系主任、副校长和附中主任，中央大学教育系主任，暨南大学师资训练科主任。一九三八年，在湖南创办国立师范学院，任院长。抗战胜利后，历任光华大学副校长、校长，华东师范大学副校长，上海第一师范学院院长，上海师范学院院长等职。

私立光華大學附屬中學

星联先生道鑒

詠公撥學金附中本學期應派得之一百二十萬元因未

奉領據生息本學期祇可儘此數分配開學在即

該款允予便中

惠撥爲荷順頌

道安

廖世承謹啓

中華民國三十六年九月六日

字第　號

35.9.3000

星联先生道鉴：

咏公奖学金，附中本学期应派得之一百二十万元。因未奉预拨生息，本学期祇可尽此数分配。开学在即，该款乞于便中惠掷为荷。顺颂

道安

廖世承　谨启

中华民国三十六年九月六日

〇七三　陈祖平致朱经农（一九四七年十月二日）

陈祖平（?—一九五四），别号衡夫。浙江吴兴（今湖州）人。光华大学毕业后留学美国。一九四〇年任国民政府行政院秘书。一九四五年任南京市政府秘书长。一九四七年任南京市财政局局长。一九四八年迁台湾，历任省政府秘书长、『总统府』国策顾问。

經師尊鑒：前承
諉遙募集母校建築基金一節，遂經
分別募得國幣壹仟萬元，除於九月廿四
日由南京市民銀行滙上，函祈
核收外，合將捐冊存根二本隨函奉繳，並請
賜復為禱。專肅，敬請
誨安

受業陳祖平謹上 十月二日

附繳捐冊存根二冊 五四七一至五四八〇号、五〇八一至五〇九〇号 各乙冊

经师尊鉴：

前承诿諈，募集母校建筑基金一节，遵经分别募得国币壹千万元。除于九月廿四日由南京市民银行汇上，至祈核收外，合将捐册存根二本，随函奉缴，并请赐复为祷。专肃，敬请

海安

受业　陈祖平　谨上

十月二日

附缴捐册存根二册：五四七一至五四八〇号，五四八一至五四九〇号，各一册。

〇七四 章益致朱经农（一九四七年十月六日）

章益（一九〇一—一九八六），字友三。安徽滁州人。心理学家、教育学家。一九二二年毕业于复旦大学。一九二四年赴华盛顿州立大学攻读硕士学位。历任复旦大学教授兼预科主任、教育系主任，安徽大学文学院院长，上海劳动大学教授兼教育系主任，光华大学教授。一九三六年大学内迁，任复旦大学教务长、复旦大夏联合大学教务长。曾任国民党政府教育部总务司司长、中等教育司司长。一九四三年任复旦大学校长。一九四九年任复旦大学外文系教授、校务委员。一九五二年调山东师范学院任教。

國立復旦大學用箋

第　頁

經農先生校長勛鑒：敬啓者

手教敬悉一切。承介東北大學土木

工程系甘籍學生蕭思恭君前來轉

學一節，業已遵

囑准其參加編級試驗，以資入學。知關

錦注，特此奉

聞，專復，順頌

著安

弟章益手啓

中華民國　年十月六日

校址江灣翔殷路

经农先生校长勋鉴：

顷奉手教，敬悉一切。承介东北大学土木工程系甘籍学生萧思恭君前来转学一节，业已遵嘱准其参加编级试验，以资入学。知关锦注，特以奉闻。专复，顺颂

著安

弟 章益 再拜

十月六日

〇七五　潘公展致朱经农（一九四八年一月十二日）

潘公展（一八九四—一九七五），原名有猷，字干卿。浙江吴兴（今湖州）人。毕业于上海圣约翰大学。曾任国民党上海特别市党部常务委员，上海市农工商局局长、社会局局长、教育局局长。一九三二年任上海美专校董会校董。同年在沪创办《晨报》，任社长。一九三五年当选国民党中央委员。抗战期间，历任国民党中央宣传部副部长、新闻检查处处长、中央图书杂志审查委员会主任委员等职。一九四二年任国民党中央常委。抗战胜利后，担任《申报》董事长、《商报》副董事长、上海参议会议长等。一九四九年在香港创办国际编译社，后定居美国。

上海市參議會

經農我兄校長道席：茲有燕義權君，品學兼優，歷充各大報撰述，文采斐然，用特函介

左右，可否請于貴校中酌予教職，必可獲教學相長之效也。附上履歷一份，尚希

裁酌，即頌

道綏

弟 潘公展 拜啓 一、十七

以担任基本國文、中國通史、哲學概論等科課程為宜。弟展又及

附履歷一份

電話：四七一一八號 四七〇七六號 四六九五六號

经农我兄校长道席：

兹有燕义权君，品学兼优，历充各大报撰述，文采蜚〔斐〕然，用特函介左右，可否请于贵校中酌予教职，必可获教学相长之效也。附上履历一份，尚希裁酌。耑颂

道绥

弟 潘公展 拜启

一，十二

附履历一份，以担任基本国文、中国通史、哲学概论等科课程为宜。

弟 展 又及

〇七六　任鸿隽复翁文灏、朱经农（一九四八年二月十七日）

任鸿隽（一八八六—一九六一），字叔永。祖籍浙江归安，生于四川垫江。化学家、教育家。中国现代科学奠基人之一。一九〇八年留学日本，次年加入同盟会。回国后曾任南京临时政府总统府秘书。一九一四年发起成立中国科学社，任董事长兼社长，编印《科学》杂志。一九一八年获哥伦比亚大学化学硕士学位。历任北洋政府教育部专门教育司司长、四川大学校长等职。新中国成立后，任上海图书馆馆长等职。著有《科学概论》等。

中華教育文化基金董事會

上海九江路四十五號四樓第四〇六號

電話一八九四五　電報掛號五五一六

詠霓
經農先生勛鑒：接奉二月六日

台緘，略以　貴校原有上海大西路校舍，在抗戰初期，即全部

被燬；而圖書儀器亦失去十之七八，損失極為慘重。勝利後

因缺少政府及其他方面之補助，且以政府統制外滙，圖書設

備無法購買，擬將大西路土地證作抵，向敝會洽借美金一萬

元，作為補充圖書儀器之用。并坿下理學院所需儀器清單

一份，均敬誦悉。查

貴校此項計畫，弟個人極表同情。惟本年敝董事年會通過

借款與各大學恢復設備之議，原有指定之範圍。此次

貴校所請求，不在本屆議決案範圍之内。除將

中華教育文化基金董事會

上海九江路四十五號四樓第四〇六號

電話一八九四五　電報掛號五一五六

尊案列卷於下次開執行委員會時提請考慮外，特先緘

復，即希

詧照為幸。專此祇頌

道安

弟任鴻雋敬啟　廿七年六月十七

詠霓、经农先生勋鉴：

接奉二月六日台缄，略以贵校原有上海大西路校舍，在抗战初期，即全部被毁，而图书仪器亦失去十之七八，损失极为惨重。胜利后因缺少政府及其他方面之补助，且以政府统制外汇，图书设备无法购买，拟将大西路土地证作抵，向敝会洽借美金一万元，作为补充图书仪器之用。并坿下理学院所需仪器清单一份，均敬诵悉。

查贵校此项计画，弟个人极表同情。惟本年敝董事年会通过借款与各大学恢复设备之议，原有指定之范围。此次贵校所请求，不在本届议决案范围之内。除将尊案列卷于下次开执行委员会时提请考虑外，特先缄复，即希詧照为幸。专此，祗颂

道安

弟　任鸿隽　敬启

卅七年二月十七日

〇七七　杭立武致朱经农（一九四八年二月二十日）

杭立武（一九〇三—一九九一），安徽滁州人，祖籍浙江杭州。先后获威斯康星大学硕士、伦敦大学博士学位。回国后任国民政府考试院编纂，兼任金陵大学研究所教授。一九三〇年任国立中央大学政治系教授、系主任。一九三二年参与创办中国政治学会。一九三三年发起成立中英文化协会，一九三七年发起成立南京安全区国际委员会。一九四四年任教育部常务次长，一九四六年任教育部政务次长，一九四七年兼任中国文教基金董事会董事。一九四九年任教育部部长，同年迁台湾。

經農校長吾兄惠鑒：入春想
文旆安祉為慰。茲有本部李洪謨科
長之親眷朱維芬女士肄業於
貴校土木系三年級，因家庭經濟困
難，無力繳付本期在學費用。比聞
貴校對於清寒學生定有工讀辦法，用意
至善，特懇
惠准該生半工半讀，俾免輟學，同深感禱。

教育部用箋

1947.12.1

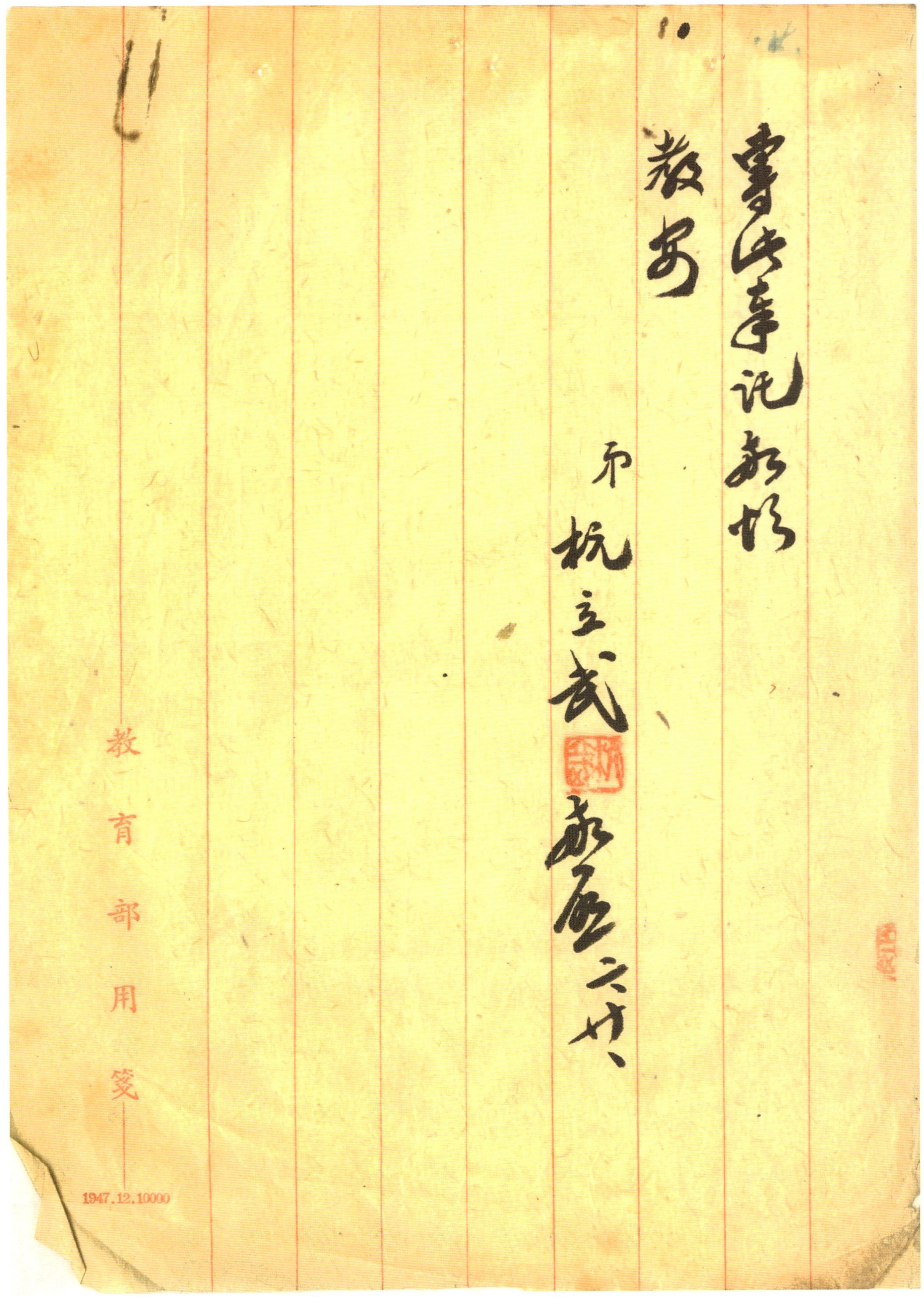

專此奉託，敬頌
教安
弟 杭立武 敬啟 六廿

教育部用箋
1947.12.10000

经农校长吾兄惠鉴：

入春敬想，文祺教祉，壹是增绥。兹有本部李洪谟科长之亲眷朱亚芬女士肄业于贵校之教育系一年级，因为家庭经济困难，无力缴付本期在学费用，比闻贵校对于清寒学生定有工读办法，用意至善。特恳惠准该生半工半读，俾免辍学，同深感祷。专此奉托，敬颂

教安

弟　杭立武　敬启

二，廿

〇七八 英千里致朱经农（一九四八年三月三日）

英千里（一九〇一—一九六九），名骥良，字千里。北京人，生于上海。满族。一九二四年毕业于英国伦敦大学。回国后协助其父英华筹办辅仁学社。一九二七年至一九四五年，任辅仁大学秘书长、西洋文学系教授。一九三九年发起成立华北文教协会。一九四二年起历任国民党北平市党部书记长兼代主委、北平市教育局局长、教育部教育研究专门委员会委员。一九四八年任教育部社会教育司司长，兼中华教育电影制片厂厂长。一九四九年迁台湾，历任台湾大学外文系教授兼系主任，辅仁大学副校长、顾问。

經農校長勛鑒：不親

麈教倏焉數月，孺慕之私無時或已。茲懇者：世侄汪雍叔君原在國立政治大學經濟系肄業，近以其家遷居上海，擬請轉入

貴校二年二期就學。弟以其人性行純篤，治學亦勤，用特專函奉懇，敬祈

推愛，賜予收錄，

玉成之德，當感同身受也。手此，敬頌

道安

弟 英千里 拜啓 三月二日

教育部用箋

1948.1.80000.民

经农校长赐鉴：

不亲尘教，倏焉数月，孺慕之私，无时曷已。兹恳者，世侄汪雍叔君，原在国立政治大学经济系肄业，近以其家迁居上海，拟请转入贵校二年二期就学，弟以其人性行纯笃，治学亦勤，用特专函奉恳，敬祈推爱，赐予收录。玉成之处，当感同身受也。

手此，敬颂

道安

弟　英千里　拜启

三月三日

〇七九　赵家璧致朱经农（一九四八年六月五日）

赵家璧（一九〇八—一九九七），江苏松江（今上海松江）人。编辑出版家、作家、翻译家。一九三二年毕业于光华大学英文系。历任良友图书出版公司经理兼总编辑、上海晨光出版公司经理兼总编辑、上海人民美术出版社副总编、上海文艺出版社副总编等职。

晨光出版公司用箋

上海（〇）四川中路二一五號農工大廈四樓　電話一一九四七號

第　頁

經農校長先生賜鑒：本屆六三校慶欣奉
母校圖書館新址落成，茲特將生所主持之
晨光出版公司一年來全部出版物捐贈全
套計共二十八部三十一冊，即希
哂納，並懇撥交圖書館陳列，以供公覽，藉申
賀意。爲此即頌
教安

受業 趙家璧 謹啓

中華民國三十七年六月三日

ZUNKWANCO 電報掛號

经农校长先生赐鉴：

本届六三校庆，欣奉母校图书馆新址落成，兹特将生所主持之晨光出版公司一年来全部出版物，捐赠全套计共二十八部三十一册。即希哂纳，并恳拨交图书馆陈列，以供众览，藉申贺意。

耑此，即颂

教安

受业　赵家璧　鞠躬

中华民国三十七年六月五日

〇八〇 沈延国致朱经农、廖世承、朱公谨（一九四八年八月四日）

沈延国（一九一四—一九八五），字子玄。浙江杭州人。文献学家、历史学家。幼承家学，并师从章太炎。曾任苏州章氏国学讲习所讲师，兼《制言》杂志编辑。一九三六年毕业于光华大学国文系。曾任光华大学中文系教授兼教务长、副训导长等职。一九四九年后，在上海、苏州从事教育及古籍整理工作。

發如
綏農
公謹

校長夫子大人函丈：昨奉
聘書屬仍任祕書訓導之職竊思上期訓
管無狀負罪實多對於行政知難勝任深愧力
綿未敢蟬聯若因循爲之恐負
長者之厚意謹再懇辭俾仍追隨
左右專心教讀伏乞
俯允是所感禱一俟賤軀精癒當趨前面陳敬請
教誨

生沈延國叩上
四

经农、茂如、公谨校长夫子大人函丈：

拜奉聘书，属仍任秘书训导之职。窃思上期训管无状，负罪实多，对于行政知难胜任，深惭力棉，未敢蝉联。若因循为之，恐负长者之厚意，谨再恳辞。俾仍追随左右，专心教读，伏乞俯允，是所感祷。一俟贱躯稍愈，当趋前面陈。敬请

教绥

生　沈延国　叩上

八，四

〇八一　沈延国致朱经农（一九四八年八月六日）

沈延国（一九一四—一九八五），字子玄。浙江杭州人。文献学家、历史学家。幼承家学，并师从章太炎。曾任苏州章氏国学讲习所讲师，兼《制言》杂志编辑。一九三六年毕业于光华大学国文系。曾任光华大学中文系教授兼教务长、副训导长等职。一九四九年后，在上海、苏州从事教育及古籍整理工作。

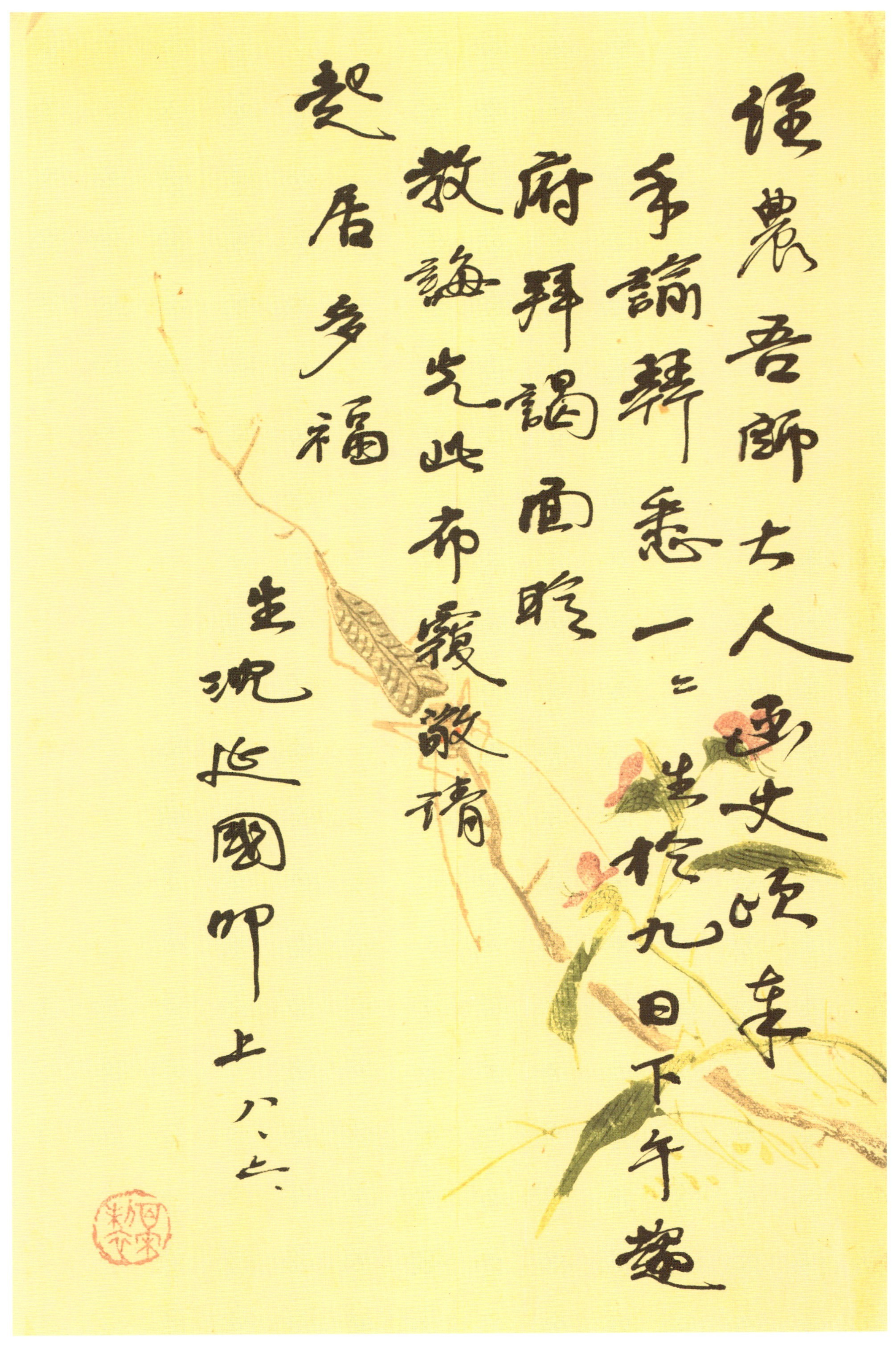

徑農吾師大人函丈昨來
手諭拜悉一一生於九日下午趨
府拜謁面聆
教誨先此布覆敬請
起居多福
生沈延國叩上 八、六

经农吾师大人函丈：

顷奉手谕，拜悉一一。生于九日下午趋府拜谒，面聆教诲。

先此布复，敬请

起居多福

生　沈延国　叩上

八，六

〇八二　杭立武致朱经农（一九四八年九月十一日）

杭立武（一九〇三—一九九一），安徽滁州人，祖籍浙江杭州。先后获威斯康星大学硕士、伦敦大学博士学位。回国后任国民政府考试院编纂，兼任金陵大学研究所教授。一九三〇年任国立中央大学政治系教授、系主任。一九三二年参与创办中国政治学会。一九三三年发起成立中英文化协会，一九三七年发起成立南京安全区国际委员会。一九四四年任教育部常务次长，一九四六年任教育部政务次长，一九四七年兼任中国文教基金董事会董事。一九四九年任教育部部长，同年迁台湾。

经农校长吾兄教坛：兹有杨生沂哲投考
贵校，其成绩尚可。杨生思想纯正，人
亦勤恳，已堪造就，用特函介，
惠予栽植为感。专此
敬颂
教祺

弟杭立武敬启 九月十一日

国文公民 15
英文 0
数学 60
理化 0
中外历史 0
〃〃地理 0

教育部

准
学生已考取续
只 九.十三

经农校长吾兄教坛：

兹有杨生沂哲投考贵校，其成绩尚可。杨生思想纯正，人亦勤恳，良堪造就。用特一言，即祈惠予栽植为感。专颂

教祺

弟 杭立武 敬启

九月十一日

国文公民 15

英文 0

数学 60

理化 0

中外历史 0

中外地理 0

不取。

○八三　陈宗蓥致朱经农（一九四八年九月十四日）

陈宗蓥（一八九八—一九六九），字炁先。江西永新人。一九二四年毕业于国民党陆军军医学校。一九二六年参加北伐，任国民革命军第一军军部上校军医处长。一九二八年留学法国巴黎大学医学院及巴斯德学院，获医学博士学位。归国后，历任河南大学教授、军医署驻豫办事处少将处长、江西伤兵管理处少将处长等职。抗战胜利后，任国立中正医学院院长，同时创立江西首家麻风病专科医院。一九四八年赴香港，次年迁台湾，任考试院秘书、台湾乐生疗养院院长。

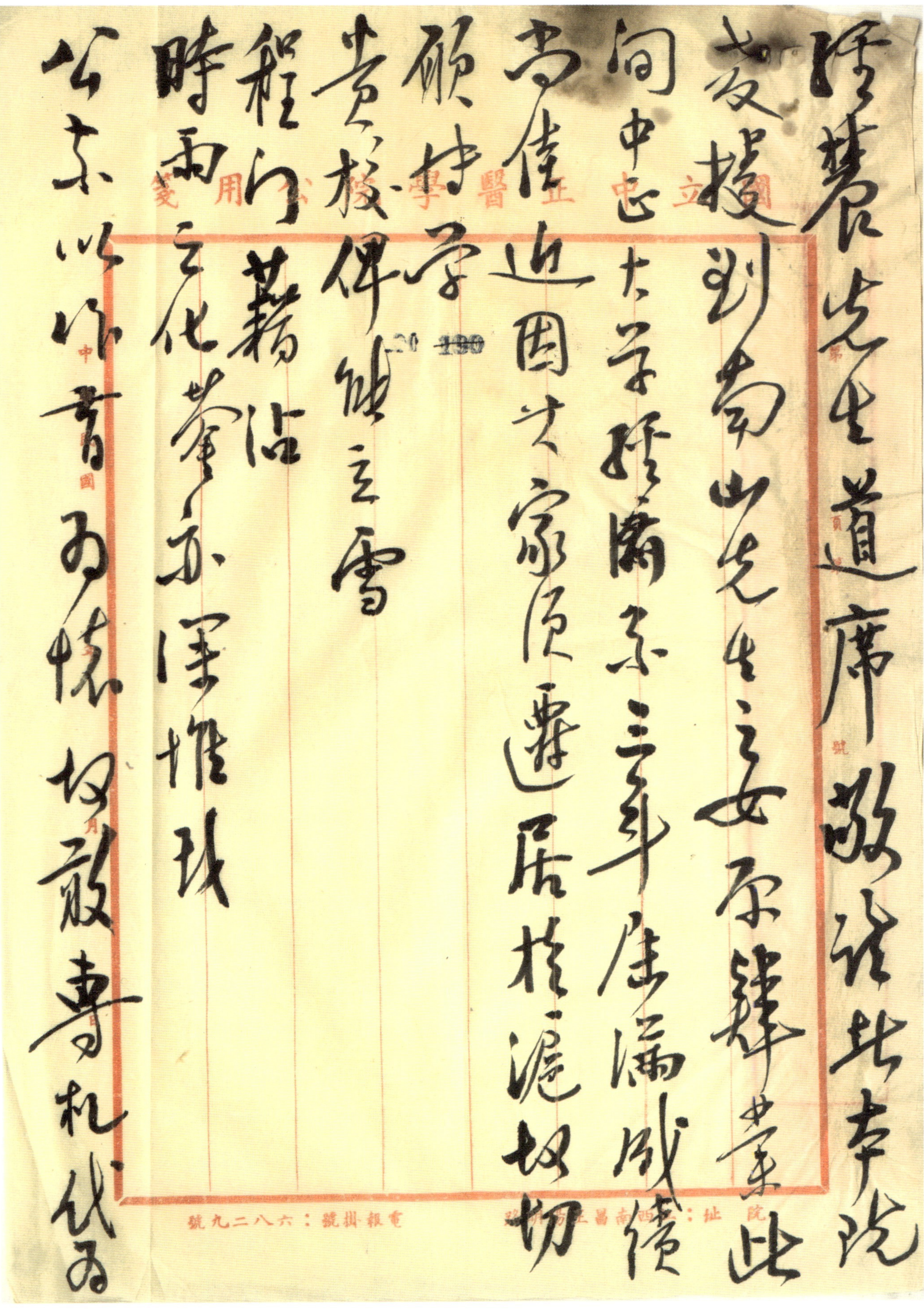

國立中正醫學院公用箋

[illegible]蒼先生道席：敬諗北平院
友[illegible]劉南山先生之女，原肄業此
間中正大學經濟系三年級，成績
尚佳，近因其家須遷居於滬，切
願轉學
貴校，俾能立雪
程門，藉沾
時雨之化，並乞示覆，惟我
公素以作育青年為懷，故敢專札代函

院址：江西南昌[illegible]路　電報掛號：六八二九號

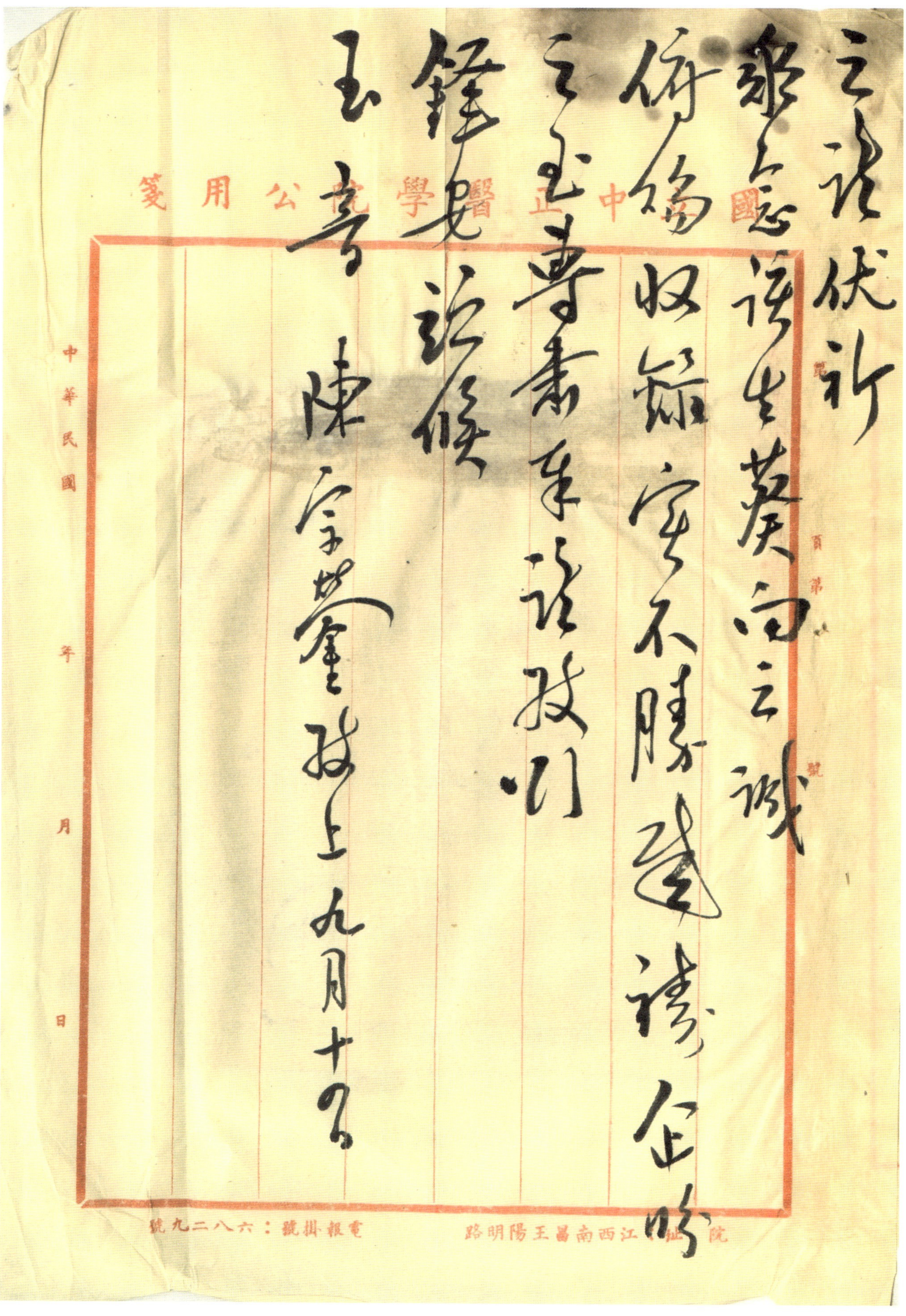
國立中正醫學院公用箋

之誼伏祈
鑒念後生慕向之誠
俯允收錄，實不勝感禱，企盼
之至。專肅奉讀，敬叩
鐘安，諸候
玉音。
陳守真 謹上 九月十四

中華民國　年　月　日
第　號　頁
院址：江西南昌王陽明路　電報掛號：六八二九號

经农先生道席：

敬请者，本院教授刘南山先生之女，原肄业此间中正大学经济系，三年届满，成绩尚佳，近因其家须迁居于沪，故切愿转学贵校。俾能立雪程门，藉沾时雨之化。鋆亦深惟我公素以作育为怀，故敢专札，代为之请。伏祈恳念该生葵向之诚，俯赐收录，实不胜感祷，企盼之至。专肃奉请，敬颂

铎安，伫候

玉音

陈宗鋆　敬上

九月十四日

〇八四　潘公展致朱经农（一九四八年九月二十二日）

潘公展（一八九四—一九七五），原名有猷，字干卿。浙江吴兴（今湖州）人。毕业于上海圣约翰大学。曾任国民党上海特别市党部常务委员，上海市农工商局局长、社会局局长、教育局局长。一九三二年任上海美专校董会校董。同年在沪创办《晨报》，任社长。一九三五年当选国民党中央委员。抗战期间，历任国民党中央宣传部副部长、新闻检查处处长、中央图书杂志审查委员会主任委员等职。一九四二年任国民党中央常委。抗战胜利后，担任《申报》董事长、《商报》副董事长、上海参议会议长等。一九四九年在香港创办国际编译社，后定居美国。

注意 復信時請註明此信字號以便查考

發文報字第483號

經農吾兄校長道鑒：學生倪鏈僉君爲私立青年中學高中畢業生，本學期投考國立各大學未獲錄取，深以失學爲慮，茲爲繼續求知以免荒疏起見，擬入貴校爲旁聽生，特介晋謁，敢祈惠予裁成爲荷。專此祗頌

教祺

弟潘公展拜啟 九、三

已办

上海漢口路三〇九號 電話九三二四八 電報掛號六〇七八

经农吾兄校长道鉴：

学生倪健龠君为私立青年中学高中毕业生。本学期投考国立各大学，未获录取，深以失学为憾。

兹为继续求知以免荒疏起见，拟入贵校为旁听生，特介晋谒，敬祈惠予裁成为感。专此，祇颂

教祺

弟 潘公展 拜启

九，廿二

〇八五 朱公谨致廖世承（一九四八年十一月二十六日）

朱公谨（一九〇二—一九六一），字言钧，又字蔼如。浙江余姚人。数学家、数学教育家。一九二七年获德国哥廷根大学博士学位。一九二八年领导创建交通大学数学系，出任首任系主任。曾任光华大学数理系主任、副校长、代校长等职。

私立光華大學

第　頁

茂如先生道席：辱
書敬悉。本学期俗務所纏，未
克隨
公等共理校政，曷勝歉仄。今後
一切仍須
偏勞，弟力之所及，當更供愚見，尚祈
鑒諒為荷，即頌
教綏
朱[illegible]謹拜啟

十一、廿六

中華民國　年　月　日　字第　號

36. 9. 10000

茂如先生道席：

专书敬悉。本学期俗务所缠，未克随公等共理校政，曷胜歉仄。今后一切仍须偏劳，弟力之所及当略供愚见，尚祈鉴谅为荷。

即颂

教绥

朱公谨 拜启

十一，廿六

〇八六　张芝联致廖世承（一九四九年一月二十七日）

张芝联（一九一八—二〇〇八），浙江宁波人，生于湖北汉口。历史学家。光华大学首任校长张寿镛五子。一九四六年赴美国耶鲁大学攻读历史，一九四七年赴英国牛津大学进修。归国后任光华大学副教授、光华大学附属中学校长。建国后，历任燕京大学副教授，北京大学教授、历史系副主任，兼任中国史学会理事、中国法国史研究会会长等职。一九八五年获法国荣誉军团骑士勋章。

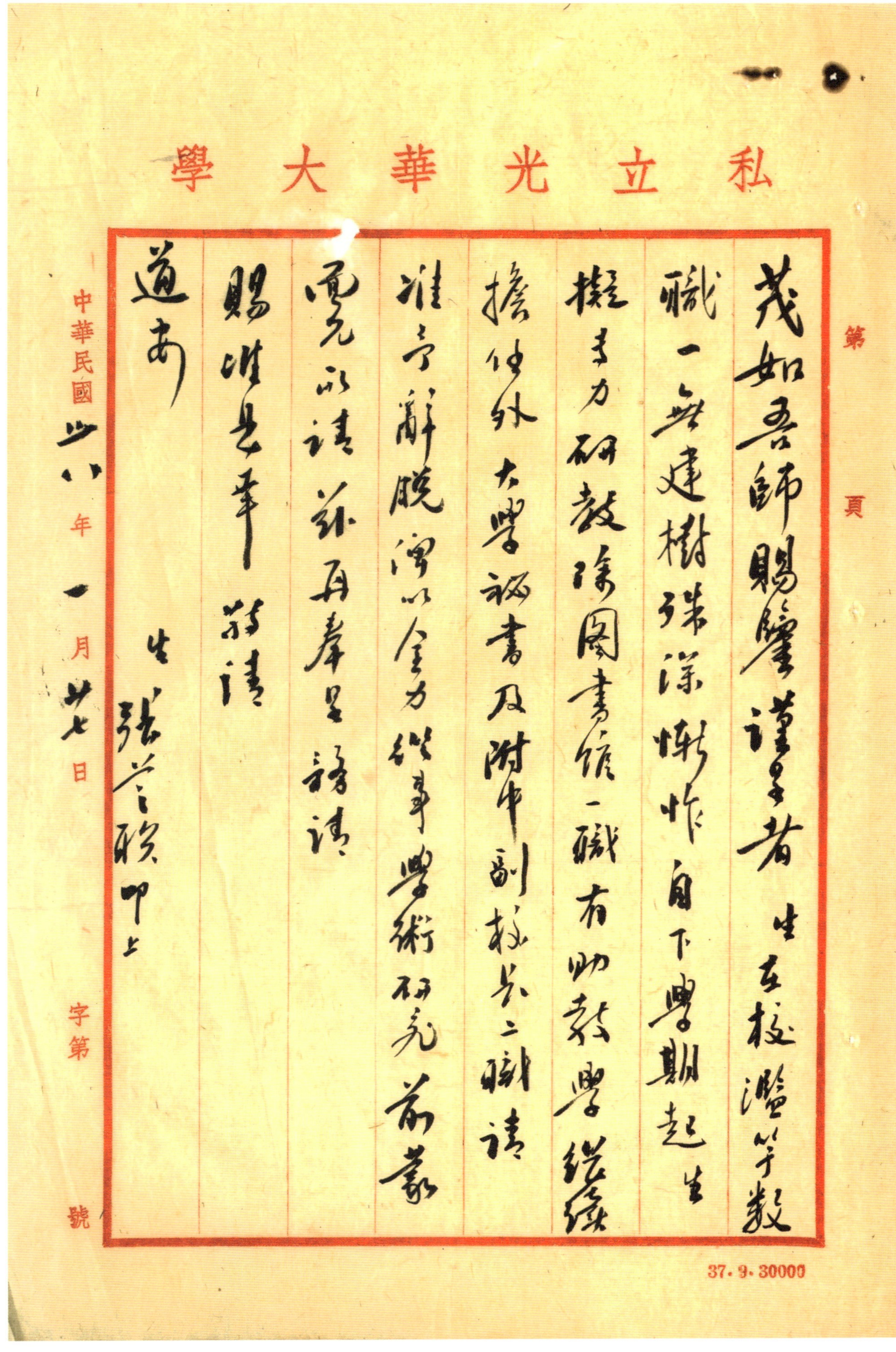
私立光華大學

第　頁

茂如吾師賜鑒：謹肅者，生在校濫竽數職，一無建樹，殊深慚怍。自下學期起，生擬專力研教，除圖書館一職有助教學，繼續擔任外，大學秘書及附中副校長二職，請准予辭脫，俾以全力從事學術研究。前蒙寵允所請，茲再奉呈辭請，賜准是幸。敬請

道安

生張芝聯叩上

中華民國卅八年一月廿七日

字第　號

37·9·30000

茂如吾师赐鉴：

谨呈者，生在校滥竽数职，一无建树，殊深惭怍。自下学期起，生拟专力研教，除图书馆一职有助教学继续担任外，大学秘书及附中副校长二职，请准予辞脱。俾以全力从事学术研究，前蒙面允所请，兹再奉呈，务请赐准是幸。敬请

道安

生　张芝联　叩上

中华民国卅八年一月廿七日

〇八七 王裕凯致廖世承（一九四九年×月×日）

王裕凯（一九〇三—一九八九），字举庭。江苏盐城人。教育家。大夏大学教育科一九二七届毕业生。曾任复旦大学、贵阳师范学院、重庆东吴沪江之江联合大学、圣约翰大学、东吴大学等校教授。一九三一年至一九四九年在大夏大学任教，并曾担任大夏大学高等师范科主任、总务长、教育学院院长、训导长、秘书长及代理校长等职。其间还创办私立上海光夏中学、光夏商业专科学校。一九五〇年与部分在香港的大夏师生共同创办香港光夏书院，任院长。后任美国格兰代尔大学、普布丁大学、洛杉矶大学等校教授。

光夏商業專科學校

代電

光華大學廖校長勛鑒頃接貴校三月一日公
函敬悉貴校校董會聘請先生代理校長職務已
於同日接代視事無任欣忭今後貴校在先生領
導之下校務前途必更有進展至深祝頌謹電奉
賀光夏商業專科學校校長王裕凱敬賀微

校址：上海(9)茂名北路四十號　電話：三五四四三

代电

光华大学廖校长勋鉴：

顷接贵校三月一日公函，敬悉贵校校董会聘请先生代理校长职务，已于同日接代视事，无任欣忭。今后贵校在先生领导之下，校务前途必更有进展，至深祝颂，谨电奉贺！

光夏商业专科学校长　王裕凯　敬贺

微

〇八八　廖世承致全体校董（一九四九年六月四日）

廖世承（一八九二—一九七〇），字茂如。江苏嘉定（今上海嘉定）人。教育家、教育学家。一九一五年以庚款留学身份赴美国布朗大学修读教育学、心理学，获哲学博士学位。一九一九年回国后，历任南京高等师范学校教授兼附中主任，光华大学教授、教育系主任、副校长和附中主任，中央大学教育系主任，暨南大学师资训练科主任。一九三八年，在湖南创办国立师范学院，任院长。抗战胜利后，历任光华大学副校长、校长，华东师范大学副校长，上海第一师范学院院长，上海师范学院院长等职。

私立光華大學

第　頁

諸位校董先生道席　世承奉
命代理校長職務倏已七月時
艱責重深虞隕越值此光明
來臨之際校務革新有望衰
弱之軀願備位教授之列所
有大中校長職務伏懇自即
日起
准予辭去不勝感禱之至專

中華民國　年　月　日

字第　號

36. 9. 10000

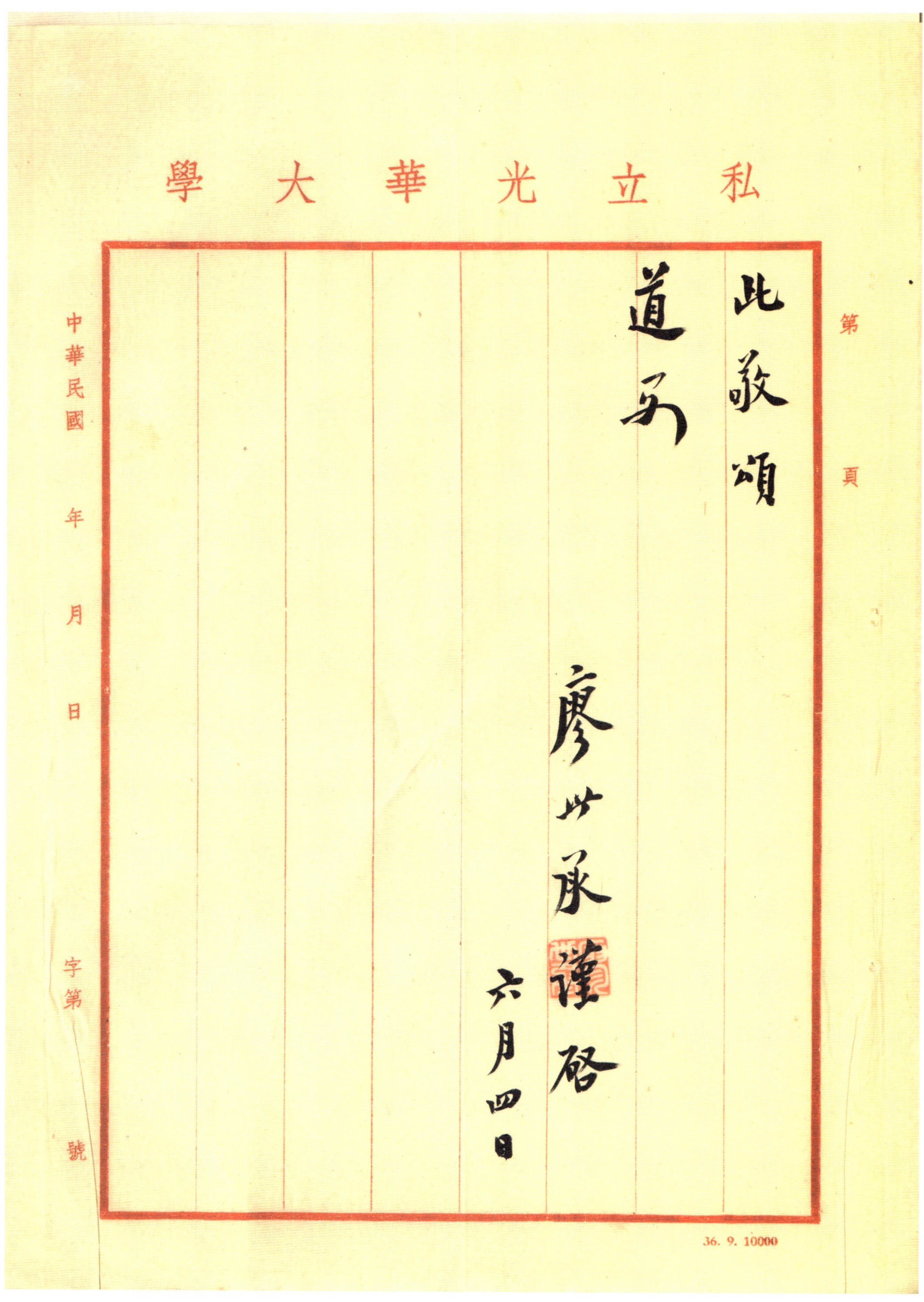

私立光華大學

第　頁

此敬頌

道安

廖世承謹啓

六月四日

中華民國　年　月　日

字第　號

36. 9. 10000

诸位校董先生道席：

世承奉命代理校长职务，倏已七月。时艰责重，深虞陨越。值此光明来临之际，校务革新有望，衰弱之躯，愿备位教授之列，所有大中校长职务，伏恳自即日起准予辞去，不胜感祷之至。专此，敬颂

道安

廖世承　谨启

六月四日

〇八九　蒋维乔致廖世承（一九五〇年一月二十日）

蒋维乔（一八七三—一九五八），字竹庄，别号因是子。江苏武进人。哲学家、出版家、教育家。一九一二年参与起草《普通教育暂行办法通令》，后应蔡元培之邀任北京政府教育部秘书长、参事。一九二一年任江苏省教育厅厅长。一九二四年任东南大学校长。一九二九年出任光华大学哲学系教授。历任光华大学国文系主任、文学院院长等职。

蕺如先生座右：启者，鄙人年老力衰，拟作短期之休息，自二月起请假三个月。文学院长请吕诚之先生代理，中文系主任请钟钟山先生代理。除分函吕钟二先生外，特此布

俯允是荷。专此，即颂

台安

蒋维乔启

一月二十日

茂如先生鉴：

启者，鄙人年老力衰，拟作短期之休息，自二月起请假三个月，文学院长请吕诚之先生代理，中文系主任请钟钟山先生代理。除分函吕、钟二先生外，专此函陈，即希俯允是荷。奉颂

台安

蒋维乔　顿首

一月二十日

〇九〇 周煦良致北京大学（一九五〇年七月二十三日）

周煦良（一九〇五—一九八四），笔名舟斋、贺若璧、文木等。安徽东至人。英国文学翻译家、诗人、作家。一九二六年就读于光华大学化学系。一九三二年毕业于爱丁堡大学，获文科硕士学位。先后在暨南大学、四川大学任教。一九四五年受聘为光华大学教授，并两度任光华大学外文系主任。新中国成立后任华东师范大学外文系主任、全国政协委员。后调任上海哲学社会科学联合会《外国哲学社会科学文摘》月刊副主编、作协上海分会书记处书记、上海社会联合会外文学会副会长等职。

我推薦顧連理女士投考北京大學外文系研究院。她於本年夏季在光華大學外文系畢業，成績為一班之冠。她兼長英文寫作及翻譯，而且对詩歌有極濃厚的興趣。我希望她考入北大研究院後，能於這兩方面继續深造。她的畢業論文是將丁玲的一篇小說我在霞村的時候譯成英文，現在已由我推薦發表。我覺得她在這方面最有擅長，若能考取北大，望教授們在這方面多指教她，此致

國立北京大學

光華大學外文系主任周煦良

七月廿三日

我推荐顾连理女士，投考北京大学外文系研究院。她于本年夏季在光华大学外文系毕业，成绩为一班之冠。她兼长英文写作及翻译，而且对诗歌有极浓厚的兴趣。我希望她考入北大研究院后，能在这两方面继续深造。她的毕业论文是将丁玲的一篇小说《我在霞村的时候》译成英文，现在正由我接洽发表。我觉得她在这方面最为擅长，若能考取北大，望教授们在这方面多多指教她。

此致

国立北京大学

光华大学外文系主任　周煦良

七月廿三日

〇九一　胡昭圣致廖世承（一九五〇年七月二十八日）

胡昭圣（一九〇九— ），安徽绩溪人。一九三一年毕业于光华大学化学系。曾任湖南国立师范学院副教授、教授、理化系代主任。新中国成立后，历任南昌大学教授，光华大学教授、化学系主任，华东师范大学分析化学教研室主任。

第　　號

茂如吾師尊前：日昨由南返華，拜讀七月廿五日
賜示，敬悉壹々。此次多蒙吾
師提携，盛情銘感。下期南昌大學根據「中南
區國立大學聘任教員暫行規定办法」限制教
員離校他就，但生向校方堅辭，決應光華大
學之聘，並請
將生所應担任之課程便中
賜知為盼。爲有懇者，舍親黄禮霖君前曾在

中華民國一九五〇年　月　日

第　　號

國師圖書館服務三載為洪鉄琴先生所器重因升學離院畢業於湖大商學院後又在學校及其他機関服務有年办事認真為人誠謹可靠 生可負全責今因服務內地多係供給制無法維持家中生活老母年高無法遠離境遇困苦非常如滬地大中學校總務教務兩處或其他機関有機緣事不論大小煩懇 提攜為感不情之請尚乞荃察是幸餘容續稟肅此敬請

崇安

師母前叩安

生胡昭聖叩稟

一九五〇年七月廿六日

民國　年　月

茂如吾师尊前：

日昨由南返芜，拜读七月廿五日赐示，敬悉一一。此次多蒙吾师提携，盛情铭感。下期南昌大学根据『中南区国立大学聘任教员暂行规定办法』，限制教员离校他就，但生向校方坚辞，决应光华大学之聘，并请将生所应担任之课程，便中赐知为盼。

兹有恳者，舍亲黄礼霖君，前曾在国师图书馆服务三载，为洪铁琴先生所器重。因升学离院，毕业于湖大商学院，后又在学校及其他机关服务有年。办事认真，为人诚谨可靠，生可负全责。今因服务内地，多系供给制，无法维持家中生活，老母年高无法远离，境遇困苦非常。如沪地大中学校总务、教务两处或其他机关有机缘，事不论大小，烦恳提携为感。不情之请，尚乞鉴宥是幸，馀容续禀。肃此，敬请

崇安

生　胡昭圣　叩禀

一九五〇年七月廿八日

师母前叩安。

跋

高校档案是大学历史的真实记录，反映大学的长期办学实践，具有保存记忆、资政育人、传承文化、弘扬文明的特殊使命。从本质属性上看，可以说文化是大学赖以生存和发展的精神支柱，而对实现大学文化传承，档案馆是一方重要的舞台，是大学开展文化建设的阵地。华东师范大学档案馆藏三十余万卷档案，其中学校前身大夏大学、光华大学的档案占很大比重。此次我们从馆藏档案中，精心挑选出九十一通近现代名人的手札，加以整理、释读并影印出版，是开发档案资源、传播档案文化的又一努力和尝试。

本书所收录的名人手札，绝大部分是亲笔所书，但也不排除有些为他人代笔，但从大学史研究角度出发，同样具有重要意义。在编撰过程中，我们同步附录其释文，同时为每位作者撰写小传，考订发函者的成函时间等。其中手札的释读尤显困难重重，书中涉及的历史名人，每个人的书法、笔迹各异，又有很多异体字、潦草字，同步释读难度非常，其繁杂艰辛自不待言，我们仍勉力为之，故谬误在所难免，敬请方家批评指正。

本书编撰历时二载，在编撰过程中，得到了学校领导的高度重视和支持，党委书记童世骏亲自为丛书作总序，校长陈群为本书作序。

本书由汤涛统筹并审定，朱小怡研究馆员做了前期工作，林雨平协助统筹本书编撰工作。魏明扬、翟素娣、吴李国、吴雯、徐晓楚、俞玮琦等参与本书编辑工作。

为编撰本书，我们召开了多次专题座谈会，得到同济大学田亮教授，华东师大学报编辑部主任刘晓虹、艺术研究所张索副教授、设计学院陈澜副教授、古籍研究所丁小明副研究员，上海市新闻出版局赵书雷等专家的建议和指导；姚旻丽、王秀芝等老师和研究生分别参与本书的释文录入等工作，在此一并致谢！

本书出版得到华东师范大学出版社领导和编辑的支持，在此特表谢意！

汤　涛

二〇一六年七月一日